MANU GAVASSI

OLÁ, CADERNO!

ILUSTRAÇÕES

NATH ARAÚJO

ROCCO
JOVENS LEITORES

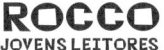

Copyright © 2017 *by* Manu Gavassi
Copyright das ilustrações de capa e miolo © 2017 *by* Nath Araújo
Trechos de terceiros reproduzidos neste livro foram usados com base no Art. 46 da Lei Brasileira de Direito Autoral.

Direitos desta edição reservados à
EDITORA ROCCO LTDA.
Rua Evaristo da Veiga, 65 – 11º andar
Passeio Corporate – Torre 1
20031-040 – Rio de Janeiro – RJ
Tel.: (21) 3525-2000 – Fax: (21) 3525-2001
rocco@rocco.com.br | www.rocco.com.br

Printed in Brazil/Impresso no Brasil

Coordenação editorial: PAULA DRUMMOND

CIP-Brasil. Catalogação na fonte.
Sindicato Nacional dos Editores de Livros, RJ.

G242o   Gavassi, Manu
Olá, Caderno! / Manu Gavassi. Primeira edição.
Rio de Janeiro: Rocco Jovens Leitores, 2017.
ISBN 978-85-7980-297-3
ISBN 978-85-7980-302-4 (e-book)
1. Ficção brasileira. I. Título.
16-32515   CDD-028.5   CDU-087.5

O texto deste livro obedece às normas do Acordo Ortográfico da Língua Portuguesa.

Impressão e Acabamento:
EDITORA JPA LTDA.

Se você encontrar este Caderno,
favor devolver para Nina Francis.

Recompensa: Amor eterno

Ou eu fico te devendo
um favor pro resto da vida.
(E isso já é muito, acredite.)
Eu devolveria se fosse você.

Olá, Caderno!

Não vou te chamar de diário porque é infantil e já sou praticamente uma mulher de 17 anos.
Me respeita.
Caderno está bom.
Caderno parece apropriado pra você.
Afinal você meio que é um caderno.
Não sei bem como começar essas coisas...
Será que eu deveria me descrever fisicamente? Psicologicamente? Se bem que só eu vou ler isso...
Eu agora e eu no futuro.
Talvez eu devesse escrever pra mim no futuro!

Querida Nina de 30 anos,

Se você estiver lendo isso agora, saiba que eu espero que você já esteja estupidamente gata, bem-sucedida e com um namorado/marido deuso que não te sustenta. E que não tenha celulite. E espero que o Instagram esteja extinto. E que seu cabelo tenha crescido depois de pintar ele de azul e quase ficar careca aos 15. E espero também que seu apartamento tenha um closet imenso e que você já tenha muita resistência a álcool e nunca fique bêbada do tipo que vomita, e que você já goste de cerveja (que eu odeio, mas acho meio legal gostar, meio radical, meio maduro), e que você tenha terminado a depilação a laser, e que você não esteja grávida, e que tenha viajado pra Grécia e que seja a pessoa mais incrível que você conheça.

Beijos,
Nina de 17 anos

Mas, na real, essa não é a melhor maneira de começar. Provavelmente vou perder você até os 25 porque sou extremamente desorganizada, e aos 30 nem vou me lembrar da sua existência.

Desculpa te decepcionar logo nas primeiras páginas. Eu sempre tive diário, mas sempre comecei a escrever assim do nada, sem muitas explicações e apresentações, sabe?

Você vai me conhecendo com o tempo.

E vai me amar.

Sério.

Todo mundo que me conhece de verdade me ama.

Não por nada, mas a gente tem que saber nosso valor e nosso potencial, e eu sei bem o meu.

Não sou a mais bonita da escola, nem a mais sociável (aliás, nem gosto muito de pessoas em geral), não sou alta nem baixa, também não tenho uma inteligência excepcional, nada muito acima da média, nada digno de nota, nenhuma genialidade em especial, na verdade. Mas eu conquisto pela simpatia, pelo charme, pelo carisma, pelo estilo, pelo talento e pelo gosto musical quase impecável, pelo carisma... Eu já disse carisma?

Não, Caderno, eu não me acho.
Eu simplesmente sei onde me destaco e foco nisso em vez de reclamar do que eu não tenho.
Mas juro que sou legal.
Mesmo.
Hoje no colégio, por exemplo, ninguém deixava a nossa professora de ensino religioso dar aula direito (professora essa que chamamos de coxinha porque ela sempre come uma na sala, fala com a boca cheia e os pedaços de frango misturados ao cuspe voam na nossa cara).
Então eu, como boa menina que sou e que você descobrirá em breve, sentei bem na frente, na primeira carteira, ignorando os pedaços de frango e o cuspe. Olhei fixamente pros olhos dela balançando a cabeça, sorrindo, fingindo total atenção em meio ao caos daquela sala, como quem diz "Eu estou aqui, querida, e você está me ensinando, então, o seu trabalho e a sua vida não estão perdidos, e quando fizermos as suas provas você provavelmente vai achar que sou disléxica por prestar tanta atenção e não conseguir escrever nada sobre a matéria, mas continue me ensinando a ser uma pessoa melhor e mais perto de Deus e mude esta alma quase corrompida de 17 anos". A professora pareceu bem feliz comigo.
Viu?
Eu sou incrível!
Vamos ser grandes amigos.
Você e eu, quero dizer, não eu e a professora coxinha.

Aliás, meio maldade chamar a mulher de coxinha...
Desculpa, Deus.
Já falei de Deus várias vezes aqui.
Seria a aula de ensino religioso entrando na minha mente?
Não... com certeza, não.

Beijos,
Nina

Olá, Caderno!

Hoje descobri que não sou feliz nem triste. Analisei minha vida, os aspectos básicos, e cheguei a essa conclusão, mas isso é ok, não é?

É que, sei lá... Tava vendo o Twitter e as pessoas são sempre felizes demais ou tristes demais.

A Ana Paula do meu Inglês, por exemplo, virou blogueira e tá feliz o tempo todo.

Feliz comendo salada de atum, feliz malhando nesse verão infernal suada que nem uma camela (camelos suam?), feliz vestindo uma roupa feia que foi paga pra vestir, feliz com seu suco verde detox, feliz com a sua permuta com o dentista, feliz com o namorado que trai ela com a Marina e todo mundo sabe (inclusive ela), feliz com a família feliz dela em um dia feliz na Disney, que é o lugar mais feliz do mundo.

Já a Jéssica, ex-namorada do Paulo (que eu tô paquerandinho), é triste.

Posta frases tristes pra mostrar ao mundo como está triste sem o Paulo, faz caras tristes porque acha que fica mais bonita sem mostrar o aparelho nos dentes, reclama no Twitter de como o seu cabelo demora pra secar de manhã (quem perguntou sobre seus problemas capilares pela manhã, Jéssica?), triste com a fome no mundo, triste com a falta de higiene do McDonald's do lado da casa dela, triste com a política do Brasil (postando um texto imenso e com certeza copiado do pai sobre como a família rica e triste dela ficou triste sem dinheiro por conta dessa política triste).

Na verdade, acho que as pessoas querem *mostrar* que são felizes ou tristes porque estão ocupadas demais tentando desesperadamente definir o que são.
Ninguém é só uma coisa.
Pelo menos eu não sou só uma coisa.
Não sou triste nem feliz.
Sou normal.
Acho que isso é bom.
Né?

Beijos,
Nina

Olá, Caderno!

Hoje minha irmã e o Miguel terminaram de novo por FaceTime.

Miguel é o namorado galã mexicano da Agatha, e quando digo galã mexicano, eu literalmente quero dizer galã mexicano.

Sim, ele é ator, é mexicano, é bonito e foi noivo dela durante os dois anos que ela passou no México.

Sempre admirei isso na Agatha, esse lance de se jogar na vida.

Às vezes ela se joga até demais.

Às vezes até muito mais intensamente do que o saudável.

Ela foi com duas amigas passar férias em Cancún quando tinha a minha idade e conheceu um mexicano que tinha um primo que era amigo desse Miguel. Pois bem, ela fugiu do grupo das amigas, foi pra Cidade do México em uma festa megabadalada com artistas que ninguém nunca ouviu falar, só a gente, porque sempre tivemos uma quedinha por novelas adolescentes mexicanas, e conheceu o tal Miguel. Foi morar com ele duas semanas depois e ficou dois anos sem voltar pra casa. Virou atriz, fez duas novelas, uma passou aqui no Brasil e era dublada por uma menina de voz muito fina. Eu sempre filmava e mandava pra ela, e a gente ria até fazer xixi na calça. Às vezes acontece.

Eu sentia muita saudade da Agatha nessa época. E nunca vou admitir pros outros, mas assisti a todos os capítulos de *Corazón Bandido* morrendo de orgulho.

Ela voltou pro Brasil assim que a novela acabou, alegando não aguentar mais comer tacos. Mas eu sei que era saudade.

Acho que ela pensa que eu não a levo a sério.

E eu realmente não levo, não por falta de admiração, e sim porque ela é muito fora da realidade do planeta Terra. Eu também sou, mas ela é irritantemente mais.

Agora tente ouvir uma briga de namorados em espanhol.

EM ESPANHOL!

D.R.s alheias já são difíceis de aguentar, imagina em espanhol.

"¿*Quién es esa? Quién es, Miguel??? No mientas para mi! No aguanto más! Sabes con quien hablas?! No hablas así conmigo!!!*"

Foda.

Espero que eles terminem de verdade, se esse cara já fez bem algum dia pra minha irmã eu nunca vi.

Aliás, acho até que ele piorou os problemas da Agatha.

Talvez eu esteja sendo injusta...

É muito fácil julgar uma situação de fora.

Ah, aproveitando o momento, estou tentando fazer esse lance de não julgar tanto as pessoas porque nas últimas semanas, conversando com o Cadu, descobri que sou uma vaca amarga que fala mal de todos.

Pois é, mudarei.

Espere e verá.

Besos!
Nina

Olá, Caderno!

Vou repetir de ano com certeza.

E o ano mal começou.

Que bom que eu já tenho consciência disso, assim vai doer menos quando eu for reprovada.

As provas do terceiro ano na minha escola acontecem no início do primeiro bimestre pra que a turma relembre o que foi ensinado até agora no Ensino Médio. O Cadu tá tentando me ajudar, mas é impossível aprender as matérias de dois anos em uma semana.

Impossível!

Me diz quando, QUANDO, MEU DEUS, em que situação da minha vida adulta eu vou virar e falar "Preciso tanto de fórmula de Bhaskara, ainda bem que decorei e aprendi a aplicar quando tinha 16 anos. Hoje uso todos os dias pra ser uma cantora de sucesso. Obrigada, sistema de ensino brasileiro!"

Enfim, vou repetir de ano. Fato. Não por eu ser uma pessoa péssima, sem futuro e sem foco na vida. Muito pelo contrário. Mas por eu estar ocupada com aulas de canto e violão e vivendo pra conseguir compor músicas sobre os acontecimentos memoráveis da vida de uma jovem.

Eu preciso viver, sabia? Por mais que a escola não permita.

O Cadu disse que eu deveria desenvolver um método melhor pra colar dele este ano, já que estudar não vai rolar. Geralmente eu mando um bilhete, tipo "Me passa tudo, beijos", e ele escreve a prova inteira pra mim. Funciona bem até, mas em múltipla escolha não dá... porque eles mudam a gente de lugar. Então, ele acaba sentando ao lado da Ingrid, ex do meu irmão, loira, alta, que cheira a baunilha e fala com um sotaque paulista que me irrita (eu sei, eu também sou paulista, mas meu sotaque é legal). Não curto ela. Nenhum motivo especial, só que sou ciumenta com todos os meninos da minha vida. Agora que levou um pé na bunda do Biel, ela dá em cima do Cadu o tempo todo... É engraçado, ela é meio legal, a gente era amiga antes de eu resolver não gostar mais tanto dela.

Mas, enfim, o Cadu é meu.

Meu melhor amigo.

A gente se conheceu no Ensino Fundamental quando comecei a perder as minhas amigas do sexo feminino porque meu irmão pegava simplesmente *todas*, terminava com elas, deixava elas tristes, elas brigavam entre si, elas brigavam comigo, e eu cansei do drama.

Aí resolvi adotar o Cadu.

Ele tem superpotencial: é estiloso, inteligente, engraçado, filho de artistas, acha fumar maconha supernormal e até fora de moda, usa a palavra "utópico" da maneira correta. A gente poderia até namorar se não me desse vontade de vomitar só de pensar em beijar meu quase irmão.

Ninguém acredita que a gente não se pega, então de vez em quando fingimos que temos um caso só de brincadeira, isso não me atrapalha em nada já que não tenho, nunca, nenhum paquera no colégio. Todos os meninos de lá são uns coitados, e assim eu acabo ajudando o Cadu, já que as meninas da sala gostam mais dos garotos comprometidos.

Não entendo esse padrão de comportamento delas na verdade...

Mas pra que entender?

Ninguém me enche o saco e todo mundo enche o saco dele, os dois saem ganhando!

Eu sou um gênio.

Às vezes eu queria não ser eu só pra poder ser minha amiga.

Beijos,
Nina

Olá, Caderno!

Fiz uma música hoje.
Sobre o Edu.
É, eu sei, tipo de onde veio isso, né?
Acho que deve fazer quase um ano que não falo com ele.
Um ano que eu nem vejo ele.
Estranho.
Mas bom.
Melhor assim.

Olá, Caderno!

Meu irmão foi suspenso de novo.

E eu assinei a suspensão de novo.

Sempre soube fazer a assinatura da minha mãe, desde pequena, ninguém nunca desconfiou. Sou ótima imitadora de assinaturas de responsáveis.

Agatha está surtada como de costume com essa história, ela e o Biel brigaram o dia todo. Parece que ela acha que tem que ser nossa mãe. Isso rola desde que nossos pais resolveram que somos maduros o suficiente pra morar sozinhos e seguiram com suas vidas e seus conflitos de meia-idade. Minha mãe está no interior com nossa irmã Valentina, de 4 anos (filha do último casamento), e meu pai está viajando pelo mundo.

Eu me acho madura. Quer dizer, pra minha idade.

O Biel é o problemático da nossa dupla dinâmica de irmãos gêmeos, mas é a melhor pessoa que eu conheço, sério. Quando a gente tinha 10 anos, ele bateu num menino (Gustavo Reis) que pediu pra me namorar e depois, na frente da sala toda, disse que ele nunca namoraria a esquisita de cabelo juba de leão que comia giz pastel (hoje Gustavo Reis não tem namorada, nem amigos, nem vida. Ele morreu. Ok, ele não morreu, tá gato e namorando. A vida é injusta).

Em minha defesa, eu só mordia, não chegava a comer de fato (o giz pastel), já a juba de leão eu aprendi a domar e hoje acham que eu já nasci assim, deusa.

Mas voltando ao caso em questão: o Biel bateu muito forte, o garoto foi pro hospital, os pais dele ligaram pros meus pais que ligaram pra minha avó que apareceu desesperada no colégio pensando que tínhamos matado alguém. Acho que foi a primeira suspensão dele. Meu primeiro ato como falsificadora de assinaturas de pais e minha primeira humilhação pública. Daí em diante só aprimoramos!

Ele continua sendo o garoto problema e eu a irmã leal que falsifica assinaturas e mantém uma grande lista de humilhações públicas.

Amo esse garoto.

Dessa vez ele conseguiu e vendeu pra todo o terceiro ano o gabarito do nosso primeiro simulado. MENOS PRA MIM QUE ME FERREI NESSA MERDA. Ainda bem que foi cancelado e vamos ter que fazer de novo.

Sinceramente, não sei como ele arranja esses gabaritos, ele sempre vem com umas histórias mais do que mal contadas...

E o pior é que ele é um dos melhores alunos da história daquele colégio, um dos moleques mais inteligentes que eu conheço. Se conseguisse canalizar essa inteligência pra algo construtivo, dominaria o mundo.

Tá, não dominaria o mundo, mas seria legal mesmo assim. Ele e a Agatha iriam brigar menos. Já falei isso pra ele.

Bom, agora tchau porque vai começar *Alienígenas do passado* na TV, e eu amo alienígenas.

Beijos,
Nina

Olá, Caderno!

Acho que eu odeio blogueiras.
Sinceramente, não sei se eu odeio ou se eu quase quero ser uma.
Não, eu odeio mesmo.
A Ana Paula da minha sala de Inglês virou blogueira da noite pro dia. Agora ela viaja de graça, ganha roupa pra usar uma vez e tirar uma foto, vai a festas de lançamento de novelas, sai com atores globais que estão na moda e eu não sei o nome porque não assisto novelas, só Netflix, filma a própria cara narrando cada passo do dia (como se alguém quisesse saber sobre o café da manhã de Ana Paula do meu Inglês), ganha muito dinheiro e sai em revistas de adolescente ensinando a estar na moda. (*Hello*, como se aquelas roupas de elite paulistana fossem moda. Parece que a Abercrombie vomitou na garota.)
O que me deixa triste não é o sucesso, e sim a falta completa de conteúdo para o sucesso dela. A garota mal sabe escrever, não é como se ela tivesse um blog de verdade. Aliás, tem vários blogs que eu leio e adoro, de pessoas que querem passar alguma informação útil, seja de moda, comportamento, viagens, beleza, e que *realmente* passam informação, que sabem escrever bem, que se preocupam com isso. Mas, enfim, aquilo nem é blog, só tem erro de Português e fotos da cara dela maquiada. Quem ela inspira? A garota é a personificação da futilidade e ganha dinheiro e seguidores com isso todo dia.
Ela disse que tem até fãs.

QUEM SERIA FÃ DA ANA PAULA DO MEU INGLÊS, BRASIL?

Me avisa que eu quero falar com um por um e entender essa carência de ídolos.

Ontem uma garota nova disse pra blogueira em questão, na aula, que a irmã mais nova a segue em todas as redes sociais e quer ser igual a ela. Sabe o que a incrível Ana Paula do meu Inglês respondeu? "Ai, mas ser It Girl não é fácil como parece, ontem mesmo tive que fazer fotos com cinco looks em cinco lugares diferentes." Eu me segurei muito, mas MUITO, pra não falar "NÃO É FÁCIL COMO PARECE, ANA PAULA?! Escrever uma música decente que queira dizer algo pra alguém não é fácil como parece, Ana Paula! Estudar pra ser alguém na vida e mudar o mundo não é fácil como parece, Ana Paula! Ganhar um prêmio Nobel de Ciência não é fácil como parece! Acabar com a corrupção no Brasil não é fácil como parece! Dançar lambada não é fácil como parece! Agora, POSTAR CINCO FOTOS COM CINCO LOOKS DIFERENTES TODO DIA É, SIM, FÁCIL COMO PARECE, ANA PAULA!!! Para de editar essa sua cara nas selfies, e vê se estuda alguma coisa porque você não sabe nem falar *Hello*, Ana Paula!!!"

Mas, em vez disso, eu mandei uma mensagem pro Cadu, que também estava prestando atenção no assunto, falando "Não é fácil como parece ser, Ana Paula. Vou ali bater minha cabeça na parede e já volto", e ele respondeu:

#classemédiasofre #lookdodia #jobdodia #semfiltro
#relaxaquetempessoasquepensamcomovocêtambémNina

#eupenso #etenhocertezaqueoutrasgarotasincríveistambém
#esãoessasquevãocompraroseuCD
#alémdemim #entãotiraessacaradebunda

Já disse o quanto amo esse garoto?
Ele tem razão. (O Cadu sempre tem razão.)
Acho que cada um faz o que pode, né? E cada um passa o que quer e o que tem pro mundo.
Eu sei que ainda não aprendi nem um terço de nada nessa vida, mas eu quero tentar.
Quero muito.
Quero passar algo de bom pra minha geração assim como meus ídolos me passaram, mesmo se eu for uma gotinha nesse oceano imenso da internet.
Então, vou parar de odiar a Ana Paula e trabalhar e estudar pra ser o melhor que eu posso ser.
E, sendo mais madura, vou torcer pra que ela cresça e faça o mesmo.

Beijos (extremamente) maduros,
Nina

Olá, Caderno!

É errado desejar que um óvni me abduza esse fim de semana pra eu sair um pouco desta casa? Jovens morando sozinhos e sendo sustentados pelos pais... Parece superlegal na teoria, supercool, super "nossa que inveja de você e dos seus irmãos, Nina", super "vamos dar festas todos os dias", super "só lavo louça quando eu quero", super "trago quem eu quiser a hora que eu quiser", super "música alta até as três da manhã", mas é supernada disso.

Deixa eu explicar a situação atual da nossa residência:

– Biel está sem a porta do quarto porque algum amigo doidão quebrou. A porta. Não me pergunte como. Agora somos obrigadas a ouvir todas as conversas dele e assistir ao ritual que o Biel faz pelado depois do banho. Seria meditação? Não sei dizer. Esse garoto tem uma obsessão estranha por nudez.

– Agatha se recusa a lavar qualquer tipo de louça e acha que devemos tirar o dinheiro das nossas atividades extracurriculares (TIPO MINHA AULA DE VIOLÃO) pra pagar empregada todo dia – a Neide só vem duas vezes por semana. E quando eu digo "só" você já imagina como a casa fica nos outros dias. Tem uma pilha de louça suja na pia que eu fico torcendo pra desaparecer magicamente com a força do meu pensamento. Ou com minhas

aplicações de Física Quântica no meu dia a dia. Até agora não aconteceu, mas qualquer coisa eu te aviso.
- Tem fungos no pão de forma que ainda não foram nomeados pela ciência. Acho que a Agatha está querendo cultivar, porque não é possível que a pessoa compre tanto pão e depois decida que vai começar uma dieta sem glúten.
- A internet foi cortada de novo. A culpa foi minha, sempre me esqueço de pagar.
- Ah, e tem um vidro da janela do meu quarto que o Cadu quebrou sem querer quando jogou pedrinhas pra tentar me acordar. Pois é, não rolou. E quando acordei e vi a janela quebrada, pensei "ESTAMOS SENDO ASSALTADOS POR UMA QUADRILHA DE SUPERASSALTANTES VOADORES QUE CONSEGUEM ENTRAR PELA JANELA DO SEGUNDO ANDAR!", e aí eu soube que tinha sido o Cadu tentando reproduzir sem sucesso cenas clichês de filmes de adolescentes.

Esse é o cenário atual da nossa casa, mas tem outras descobertas sensacionais que fazemos quando moramos sozinhos. Tipo papel higiênico. Você sabia que ele não aparece magicamente no armário do banheiro? Você tem que ir ao mercado comprar senão ele acaba. Quem diria, né? Outra coisa mágica são as roupas que você coloca no cesto de roupa suja. Você sabia que se não tirá-las de lá, colocá-las com sabão em pó na máquina de lavar e depois colocar pra secar, elas não voltam pro seu armário limpas? Eu nunca poderia imaginar!

Mas uma coisa foi boa nessa nossa experiência: eu aprendi a cozinhar. E eu amo! Descobri que sou ótima. Mais uma de minhas inúmeras qualidades.

emoji piscandinho

Já cansei de brigar com a Agatha por conta da louça, então eu simplesmente finjo que esse problema não existe e peço comida pelo aplicativo.
Olha que maravilha!
Nada melhor pra resolver um problema do que fugir dele.
Será que meus pais fazem ideia da nossa dinâmica em casa?
Acho que minha mãe desconfia e meu pai acha que a Agatha é adulta.

Beijos,
Nina

Olá, Caderno!

Paulo me seguiu no Instagram.
Sim, o Paulo.
O Paulo, a minha nova quedinha do momento.
(Cadu costuma me dizer que sou viciada na sensação inicial de estar apaixonada e fico inventando que me apaixono pelas pessoas quando na verdade faço mais drama e invento muito mais os relacionamentos do que eles realmente existem. Pode até ser que seja parcialmente verdade... Eu fico entediada quando não estou obcecada por alguém.)
Mas voltando:
O Paulo que usa roupas de brechó e tenta deixar crescer uma barbinha.
O Paulo que acha que é legal demais pra colocar legendas em português nas fotos que posta. E que toca guitarra e escreve músicas sobre como a vida é injusta, como amar dói, como a sociedade não o compreende. E eu amo.
O Paulo que me disse "Você parece problema, Nina. Um problema lindo" quando me conheceu em alguma festa, que provavelmente ele nem lembra e eu finjo que não lembro, mas lembro muito bem, lembro até a cor da meia dele. E da minha.
O Paulo que seria perfeito pra mim.
Esse Paulo.
E ELE ME SEGUIU NO INSTAGRAM!
Eu tenho que contar o meu plano, senhoras e senhores:
Nos últimos anos, venho desenvolvendo um roteiro básico de conquista e tem funcionado superbem

comigo. Aliás, eu acho que funcionaria bem com qualquer um. Eu deveria lançar um livro pra expor minha genialidade ao mundo e ajudar as pessoas. Pensarei nisso.

Mas antes vou escrever aqui como funciona, é bem fácil, você só precisa de um celular com acesso à internet e muito tempo livre.

Primeiro, escolha o alvo. Você pode ou não conhecer o cara pessoalmente. Se já conhece, é só achar ele nas redes sociais, e se não conhece, também é só achar ele nas redes sociais.

Beleza.
Seguiu?
Adicionou?
Depois, é hora da pesquisa. Minha parte favorita!

Você pode descobrir tudo da vida de uma pessoa pelas fotos que ela posta, músicas que escuta, roupas que usa, lugares que frequenta, pessoas com quem se relaciona, páginas que curte, e, graças à tecnologia, está tudo disponível na internet, é só fuçar! Alguns são mais discretos, e outros, menos, mas garanto que você consegue traçar um perfil com apenas algumas stalkeadas.

Agora que conhece bem o alvo, você pode:

OPÇÃO 1: Curtir todas as fotos desesperadamente até ele perceber a sua existência. E o seu desespero. (Não faço, mas garanto que funciona.)

OPÇÃO 2: Fazer a controlada e apenas seguir ou adicionar ou curtir. Uma vez. Sem exageros. E esperar. (Eu faço. Demora, mas funciona.)

O objetivo é fazer a pessoa perceber a sua existência e querer te pesquisar na internet também pra ela saber como você é uma pessoa incrível, engraçada, espirituosa, com bom gosto musical (postando músicas que coincidentemente são as mesmas que ele ouve, já que você passou o último mês descobrindo os gostos do perseguido). Aí, quando ele perceber tudo isso e tudo que vocês têm em comum, ele vai para o ataque!

Tchan tchan tchan tchan...

Direct Message!, a abordagem dos dias atuais.

Antes, no tempo dos dinossauros (ou no tempo dos meus pais), o cara tinha que te conhecer, olhar nos teus olhos, ficar curioso, tomar coragem pra te convidar pra sair assim cara a cara, sem tempo pra pensar no que falar direito ou no que te responder. E se você aceitasse sair, ele teria que pegar o telefone da sua casa, teria que ligar arriscando seu pai ou sua mãe atenderem, e isso exigia muita coragem e muita vontade, certo? Hoje ele manda uma mensagem sem nem te conhecer e você já faz uma festa!

Que geraçãozinha.

Ai, ai... eu sei que é triste e que pareço uma psicopata com esse meu plano, mas fazer o quê? A tecnologia acabou com todos os relacionamentos normais, é isso que sobra pra gente. Sermos psicopatas que perseguem os outros na internet e fazem festinha quando recebem uma curtida do paquera.

Mas eu amo esse meu plano! Ele funciona!

Tanto que hoje o Paulo me seguiu no Instagram e agora ele vai descobrir como a gente combina e vai me amar.

Consigo imaginar nós dois tocando violão juntos, compondo, e ele me olhando com aqueles olhos azuis e falando "Já estou com saudades" antes de me dar um beijo de tchau e seguir para sua turnê de shows de rock underground com quinze pessoas na plateia e cachês pagos com cerveja quente.
EU VOU AMAR ESSE NOSSO NAMORO!
Podemos até comprar um cachorro e dar o nome de Wagner! Ou adotar, porque aí não precisa de dinheiro, que ele com certeza não tem agora e nem eu.
Mas, enfim, ele me seguiu. E é isso.

Beijos,
Nina

Olá, Caderno!

Eu queria muito ser inteligente.

Hoje acabei de ler um livro que roubei do quarto da minha irmã porque a capa era bonita, chama *Não sou uma dessas*, da Lena Dunham, roteirista, atriz e diretora da série *Girls*.

E me deu uma vontade louca e profunda de ser inteligente.

Ser genuinamente inteligente, sabe?

Do tipo de pessoa que ganha prêmios, que te responde com outra pergunta, que fala sobre política e cultura pop, que usa a palavra "elementar", que faz piadas irônicas sobre assuntos sérios, que já viajou o mundo, que compra em sebos, lança livros e usa referências de pessoas mortas no meio de uma conversa.

Ah, e que usa datas!

Amo pessoas que usam datas no meio da conversa! Eu sempre acho que é mentira e guardo na memória pra pesquisar depois.

Acho que ninguém faz isso (de pesquisar a data depois pra ver se é verdade), e usando essa linha de raciocínio pensei então que eu poderia citar fatos históricos com datas inventadas e ninguém iria saber.

Resolvi testar, e fiz isso um dia numa exposição no MIS sobre Kubrick. Fomos eu, o Biel, o Cadu e a Agatha.

O Biel sempre vem cheio de informações e datas sobre tudo. E eu me pergunto: Em que momento da vida esse garoto para pra pesquisar essas coisas? E pior, em que momento ele decorou tudo isso? É algo que nunca vou saber, porque perguntar seria admitir que eu amo isso nele e não vou dar esse gostinho ao meu irmão gêmeo, melhor que eu em tudo.

Antes de irmos pra exposição, eu, muito espertinha que sou, pesquisei sobre o Kubrick pra jogar a informação em momentos estratégicos do nosso passeio pelo museu. Funcionou médio. Quando viramos pra parte de um filme de guerra, eu soltei empolgada:

"Ahhhh, sim, esse filme, já assisti algumas vezes. Temática forte. Vocês sabiam que foi proibido na França, em 1988?"

Ou seria na Alemanha, em 1983?! Pois é, eu não lembrava! Não lembrava a temática e, pra falar a verdade, nem o título do filme. Agora, pensando bem, eu acho que nem tinha pesquisado o filme certo... Era Stanley Kubrick mesmo ou Woody Allen? Ou nenhum dos dois?!

Tive um momento longo de pânico achando que seria desmascarada, mas acho que ninguém levou muito em consideração. O Cadu falou "Sério?", e eu não respondi, mudei logo de assunto.

Enfim, eu queria ser o tipo de pessoa inteligente que NÃO faz isso.

A Lena Dunham usou várias partes de diários antigos no livro dela.

Imagina publicar um diário?

É a mesma coisa desse monte de merda que eu escrevo ser publicada por alguma editora maluca. Minha vida e meu futuro estariam arruinados. Mas a vida e o futuro da Agatha estariam piores.

Se eu fosse escrever um livro algum dia, seria sobre algo que as pessoas entendessem, sobre algo com que se identificassem.

Escreveria com verdade, sabe? Para que elas se sintissem parte da história. Porque qualquer história é digna de ser contada.

O que eu quero dizer é que existe muita beleza em contar uma história simples e verdadeira. Ir direto ao ponto.

Acho que eu gosto disso.

Ok, eu enrolei e não cheguei a lugar nenhum.

Enfim.

Se um dia eu escrever um livro, prometo que vai ser irado.

Beijos,
Nina

TOP 10 FRASES DO MEU PAI (isso vai ser bom):

1 – Já disse que eu te amo?

2 – Quem não é visto não é lembrado, filhota!

3 – Nina, só toma cuidado, você é meu tesouro.

4 – Tá me achando com cara de PaiLhaço? Hahahaha. (Sim, ele ri da própria piada.)

5 – Se eu me separar da sua mãe, não tem nada a ver com o amor que sinto por você e pelos seus irmãos.

6 – Você é um gênio, filha! Muito melhor do que eu na sua idade! (Logo após eu mostrar qualquer música que faço, qualquer uma, até a minha primeira que tinha frases erradas em Inglês e dois acordes no violão e contava a história de um sapo filhote chamado Heitor.)

7 – Hoje está chovendo, não saia de casa. Fala pra Agatha não pegar o carro! (Ah, claro, pai, eu tinha que ir pro colégio, mas vou avisar que está chovendo e eles super vão entender o motivo incrível pra minha falta, o mesmo se aplica ao trabalho da Agatha.)

8 – Qual é o nome e o telefone da mãe dela? Eu não vou ligar, só quero saber. Não é mico nenhum um pai defender a filha. (Logo após eu contar que alguma amiga do colégio me falou algo desagradável em algum momento da vida.)

9 – NÃO DOEU PORQUE NÃO FOI EM VOCÊ! (Ele gritando na cara da enfermeira que furou a minha orelha, quando eu tinha quatro meses, depois que ela disse "Ela está chorando, mas é normal de bebê, nem doeu".)

10 – Posso mostrar uma música pra vocês? (Logo após falar essa frase pra qualquer amigo que visitava a gente em casa, ele entrava em uma sessão de quarenta minutos de piano e a pessoa não tinha mais como fugir. Foi uma fase que durou uns seis meses e depois nenhum amigo vinha aqui em casa, só o Cadu, que virou o favorito do meu pai.)

TOP 10 FRASES DA MINHA MÃE:

1 – Miiiisericórdia, Nina! (Logo após qualquer coisa de errado que eu faça.)

2 – É sempre bom voltar a fazer terapia, filha. (Logo após qualquer coisa estranha que eu conte.)

3 – É, não é normal. (Logo após eu mostrar como a minha barriga fica estufada depois de comer no McDonald's.)

4 – Como eu (a)baixo esse Instagram? (Qual é o problema de todos os pais do mundo com essa palavra?)

5 – Eu não lembro a hora que você nasceu, Nina. Não adianta me perguntar, e isso não me torna uma péssima mãe! (Logo após eu tentar fazer chantagem emocional porque ela não lembrava a hora do meu nascimento quando eu precisava pra fazer meu mapa astral.)

6 – Intolerância à lactose você não tem, não, o que você tem é frescura, conhece?

7 – Flacidez tem a sua mãe, Nina! (Mas você é a minha mãe, mãe.) Ai, menina! Você me deixa louca!

8 – NINA, AGATHA E BIEL, O QUE ESTE CARRO ESTÁ FAZENDO PARADO NA PORTA DA MINHA CASA? VOCÊS NEM MORAM AQUI! (Quando resolvemos fazer uma visita surpresa pra minha mãe no interior e nosso carro foi guinchado na porta da casa dela porque Agatha parou na contramão e minha mãe teve que resolver tudo. Às três da manhã. De uma terça-feira. Sozinha. Porque estávamos muito cansados da viagem pra resolver. Hehehe.)

9 – Ela faz isso porque a mãe dela é lunática. Conheci na reunião de pais. Totalmente fora da realidade. Por isso, essa menina é assim, não é culpa dela. (Sobre a Ana Paula, a blogueira do meu Inglês, ser blogueira.)

10 – Não, filha, eu te acho linda de qualquer jeito, mas CARECA, NÃO! (Quando contei a ela que o papai me acharia linda até careca.)

Olá, Caderno!

Olha o que eu achei!
O Cadu e eu temos mania de fazer listas e ele me escreveu esta no ano passado:

> Nossas vidas estão prestes a mudar, Nina.
> Guarde este bilhete por um ano e confirme minhas previsões:
> 1 – Você vai ficar com o baixista da banda de forró.
> 2 – O cachorro vira-lata que meus pais adotaram achando que era um minicollie vai crescer demais e eles vão ser obrigados a dar pra minha tia.
> 3 – Eu vou pegar a Ingrid.
> 4 – Vamos desistir na primeira temporada de House of Cards e começar Friends ou Breaking Bad, do zero.
> 5 – O Edu é um otário.
> 6 – Nosso professor de Álgebra vai se assumir gay.

O filho da mãe acertou todas as previsões.

Beijos,
Nina

Olá, Caderno!

Amanhã meu pai chega em casa.

Eu sempre morro de saudade nessas viagens, mas é meio legal esperar os presentes que ele me dá quando vem pra cá.

Da última vez ele me deu uma gaita que conseguiu no México, linda. Eu nunca aprendi a tocar, então dei pro Cadu, que toca maravilhosamente bem. Mesmo assim, gosto de pensar que foi ele quem me deu.

Meus irmãos estão desesperados arrumando a casa, e eu finjo que acredito que o desespero é apenas por conta da bagunça.

Meu pai me ensinou a tocar violão quando eu tinha 12 anos, é uma coisa nossa isso de música, sempre foi. Ele me apoia incondicionalmente, mesmo longe faz Skype pedindo pra ouvir as músicas novas que eu escrevo e fala que quer ser o primeiro a comprar meu CD.

Minha mãe apoia, eu acho, mas com ela é diferente. É tudo mais complicado.

Às vezes, quando nem eu acredito que o meu sonho vai acontecer, meu pai acredita.

Isso é bom, não é?

Eu acho bom.

Não que eu não acredite em mim, longe disso. Mas é diferente ter alguém com certeza do meu talento... Sei lá.

Ele me disse que ia tentar viajar menos.

Minha irmã disse que ele me trata que nem criança.

E meu irmão disse que não vai esconder os cigarros dessa vez.

Vou colar aqui a carta que meu pai me mandou semana passada.

Filhota!!!
Como estão todos?
Agatha, Gabriel, Cenourinha! Não esqueci do Cenourinha!
Acabei de chegar no (caiu água nessa parte da carta e a tinta da caneta tá borrada então não consigo saber o lugar) e você não acredita como é lindo, filhota. Você tem que vir pra cá um dia só pra sentir como é ser tão pequeno no meio da natureza.
Estou com uma amiga aqui que disse que mudou pra cá com a sua idade, aí claro que seu velho pai só lembrou de você.
Estou levando presente!!!
Tentei ligar pra Agatha e ela não atendeu, era só pra falar que parece que vocês não pagaram a conta da internet mês passado, por isso mandei a carta, caso fiquem sem e-mail, e também porque sei que você gosta dessas coisas antigas do tipo escrever. Rsrs
Te amo, filhota.
Espero que não tenha crescido muito nesses meses!! Rsrs
Beijos do pai

O Cenourinha morreu.
Mas teve um enterro digno no parque Buenos Aires, antes do policial ver. Um absurdo eu não poder enterrar meu próprio coelho no meu parque favorito.

O Cadu participou do enterro e eu pedi pra ele dizer algumas palavras sobre o Cenourinha, ele é muito bom com as palavras. Foi bem fofo da parte dele, porque na verdade ele morre de medo de roedores desde que o seu tio perdeu um pedaço da panturrilha pra uma ratazana desvairada. Então, ele e o Cenoura não tinham muita coisa em comum nem uma relação muito forte, sabe?

O discurso dele foi mais pra me deixar feliz, e deixou.

Sem beijos dessa vez,
Nina

Ah, PS: Estamos sem internet e posso ouvir daqui a minha irmã quebrando a casa porque não consegue falar com o Miguel. Parece que hoje é o dia da estreia da nova novela dele e vai rolar uma festona na mansão do mexicano.
Já imagina, né?
Vou lá fazer o controle de danos.

Olá, Caderno!

Estou em choque.
Tá rolando uma fofoca sobre mim no colégio. O Otávio, que é um garoto que eu mal falo e que tá no meu grupo do trabalho de Biologia, me mandou a seguinte mensagem no WhatsApp:

Otávio: Nina, tá aí?
Eu: Tô! Terminando a minha parte do trabalho, te mando em dez minutos.
Otávio: Cara, você é bi?
Eu: Não entendi. Bipolar?

Pensei "Caramba, como ele descobriu?"
Eu devo estar bem pior do que o médium da Agatha me falou. Será que todo mundo percebeu e essa minha mudança de comportamento já chegou num estágio grave? Será que eu sou assunto entre as pessoas da minha sala? Será que foi a psicóloga da escola? Eu sabia que eu nunca poderia confiar em uma psicóloga de 25 anos que se diz "belieber".
Eu vi no Facebook dela. Absurdo, né? Ela é velha.
Otávio: Não, bissexual. Eu ouvi as meninas falando hoje que você tá pegando várias garotas agora nas festas.
OI?
Antes de mais nada: que festas?
EU NEM SAIO DE CASA!

Minha rotina se resume a assistir aos DVDs de *The O.C.* que eu roubei de uma prima mais velha, imaginar que eu sou amiga dos personagens de *The O.C.* (que, aliás, eu nem conhecia, porque era criança quando passou, mas agora virou minha série favorita!) e que eu namoro o Seth Cohen, fingir que estudo, tocar violão sozinha no meu quarto e, se eu der sorte, comer sucrilhos.

COMO ASSIM BISSEXUAL?

Em que momento da minha vida eu passei essa impressão?

Eu sempre me achei tão... tão... Ok, eu ia falar feminina, mas o que ser feminina tem a ver com ser bissexual ou até mesmo gay, né?

Que decepção, Nina...

Esquece que eu falei isso, tá?

Voltando.

Eu dei um selinho uma vez bêbada numa amiga da aula de teatro, e foi só. A galera era tão moderninha e hippie... aí eu quis ser moderninha e hippie também. Mas acho que um selinho inocente entre amigos tá liberado, né? E, definitivamente, um selinho não define a sexualidade de ninguém. Mas pelo jeito esse grupinho do teatro é mais fofoqueiro do que parece! Não dá pra confiar em atores.

Se essa minha nova fama se espalha, aí que eu fico encalhada mesmo... Pensando bem, acho que pode ser por isso que eu estou encalhada!

O boato já deve ter se espalhado.

Com certeza.

Pra escola toda.

A galera deve ficar intimidada com a minha segurança em relação a minha bissexualidade fictícia e por isso nenhum garoto chega em mim!

Mas, calma... Talvez possa até ser uma fama legal, meio rebelde, meio Cara Delevingne. Hummmm. Espera, tô até me sentindo bem com estas mentiras sobre mim rolando!

Devo ser tipo muito misteriosa.

Uma gata enigmática.

Uma lenda naquele colégio.

Já gosto dessa fama. Tomara que o Edu fique sabendo!

Edu = meu ex-namorado babaca que me "trocou" (eu que terminei, mas amo falar que fui trocada porque dá um ar mais dramático) por uma modelo super indie e que pega meninas também, alegando, entre outras barbaridades, que ele precisava se encontrar e que eu não era "cabeça aberta" o suficiente. É, eu sei, eu caía nessa lavagem cerebral dele, péssimo. Menos um ponto pra Nina de novo.

Mas, enfim, como eu gosto de dizer: foda-se.

Voltemos a minha conversa estranha com Otávio.

Eu: Então... Eu não sou, não. Achei legal essa fama e tudo, mas até a última vez que cheguei eu ainda era hétero.

Otávio: Ah... que pena. Hehe... Apostei com os meninos que você ia beijar a Ingrid.

Eu: Meu amor, a Ingrid seria a última pessoa caso eu resolvesse pegar meninas. Para de ser pervertido e vai terminar nosso trabalho. Beijos.

Meninos. Parecem que têm sempre 12 anos e um pinto no lugar do cérebro.

Contei pro Cadu e ele me disse que deve ser porque não dou moral pra garoto nenhum do colégio e que não falo com ninguém. Ué, mas com quem eu vou falar?

Eu me recuso a dar papo pra meninos com camisa polo de brasão que colocam letras de música de pagode como descrição no Instagram e copiam cabelo de jogador de futebol.

Nada contra esse tipo de garoto, mas tudo contra esse tipo de garoto na verdade.

Odeio camisa polo, brasões, pagode e futebol.

Gosto de caras com um ar de poeta incompreendido, sensíveis, que gostem de música e de arte, que desenhem bem, que me convidem pra ver o eclipse da Lua no Ibirapuera (eu não gosto do Ibirapuera, então eu nem iria, mas eu gostaria que me convidassem). Que sejam estilosos sem que eu tenha de ajudar. Que falem sobre a Tropicália e sobre como a galera da nossa idade está cada vez mais idiota com a internet e que nós temos que mudar o mundo. Que toquem gaita e usem New Balance.

Eu gosto de caras que as pessoas têm dúvida se são gays na verdade.

Esse é meu tipo.

Que papo estranho sobre gays.

Será que eu sou gay?

Acho que não.

Beijos,
Nina

TOP 7 MÚSICAS QUE EU MAIS GOSTO
DE TODOS OS TEMPOS E POR QUÊ.

1 – Taylor Swift: "State of Grace" (versão voz e violão)
Ok, eu gosto de tudo que a Taylor faz na vida, mas essa música é a melhor que ela já escreveu, na minha opinião. A letra é linda e fala sobre o amor, no geral, de uma maneira que chega a ser triste de tão verdadeira. É a minha música favorita de tocar no violão, foi o primeiro cover que gravei e postei no meu canal secreto do YouTube (que é privado e ninguém além de mim e do Cadu consegue ver. Aliás acho que esse é meu maior segredo... quem sabe um dia eu tomo coragem de postar pra todo mundo ver?, por enquanto nem pensar!).

2 – Ed Sheeran: Todas
Porque não consigo escolher uma e tô com preguiça e porque ele é um deus ruivo da composição de músicas pop e irei protegê-lo.

3 – Caetano Veloso: "Leãozinho"
Minha mãe cantava pra mim quando eu era pequena e acordava com minha jubinha (semiloira e cheia de cachos) toda descabelada. Não sei pra onde foi o loiro, mas sei pra onde foram os cachos depois de tanta química. Meu pai falava que eu costumava segurar os cabelos pra trás com as duas mãos pra conseguir enxergar, porque caíam nos meus olhos. Imagina que fofura a Nina pequenina quase cega de tanto cabelo. *Gosto muito de te ver, leãozinho...*

4 – Novos Baianos: "Mistério do planeta"
Edu me apresentou grande parte do meu conhecimento de música baiana. Olha só! Achamos uma qualidade do meu falecido Edu! Essa acabou virando uma das minhas músicas favoritas da vida. E virei adepta da lei natural dos encontros.

5 – Alanis Morissette: "You Oughta Know"
HINO.

6 – Beatles: "Here comes the sun"
Minha música de ficar feliz. Meu pai colocava todo domingo no último volume pra acordar a gente.

7 - Não lembro. Esqueci e tô com preguiça de pensar agora.

Tchau

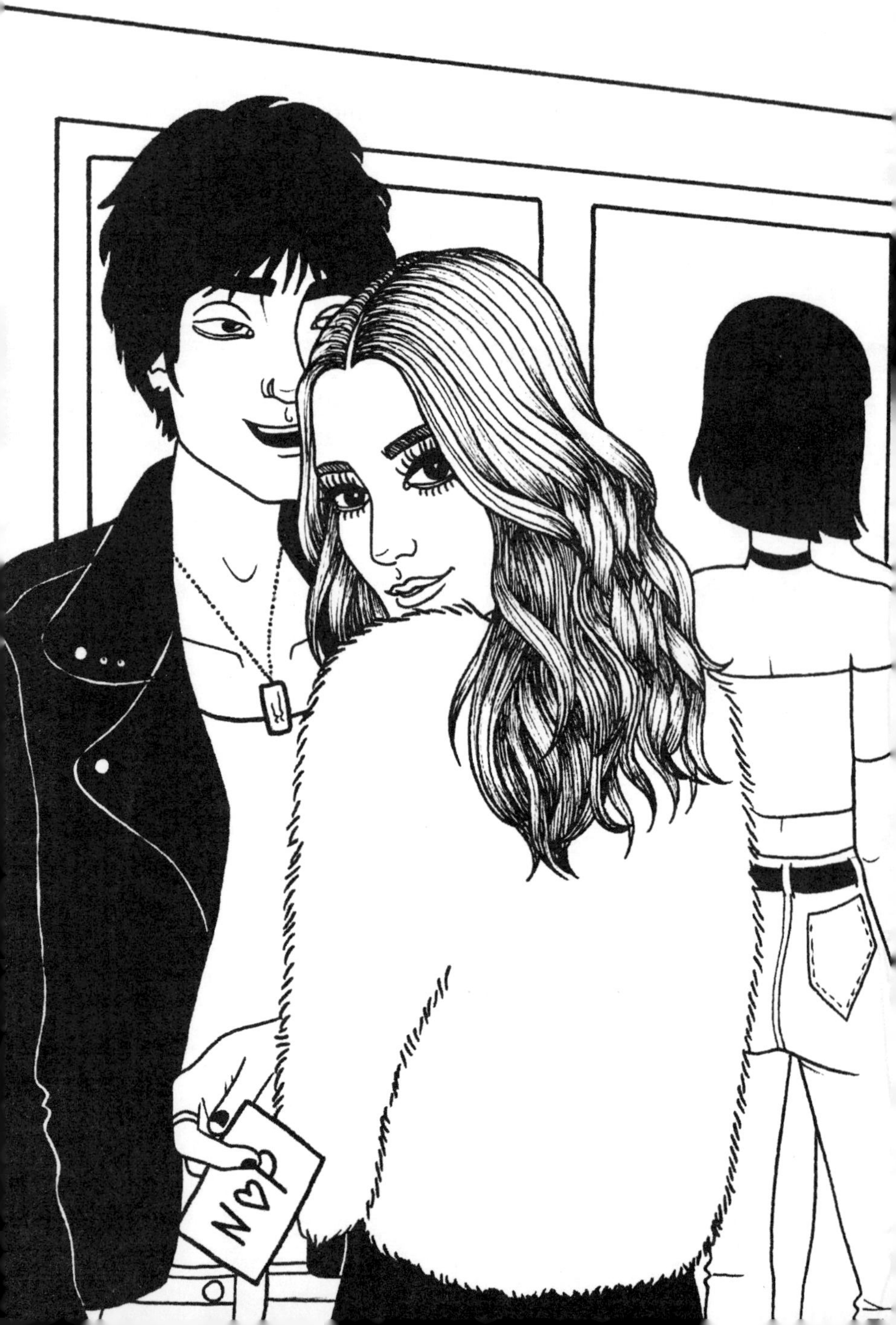

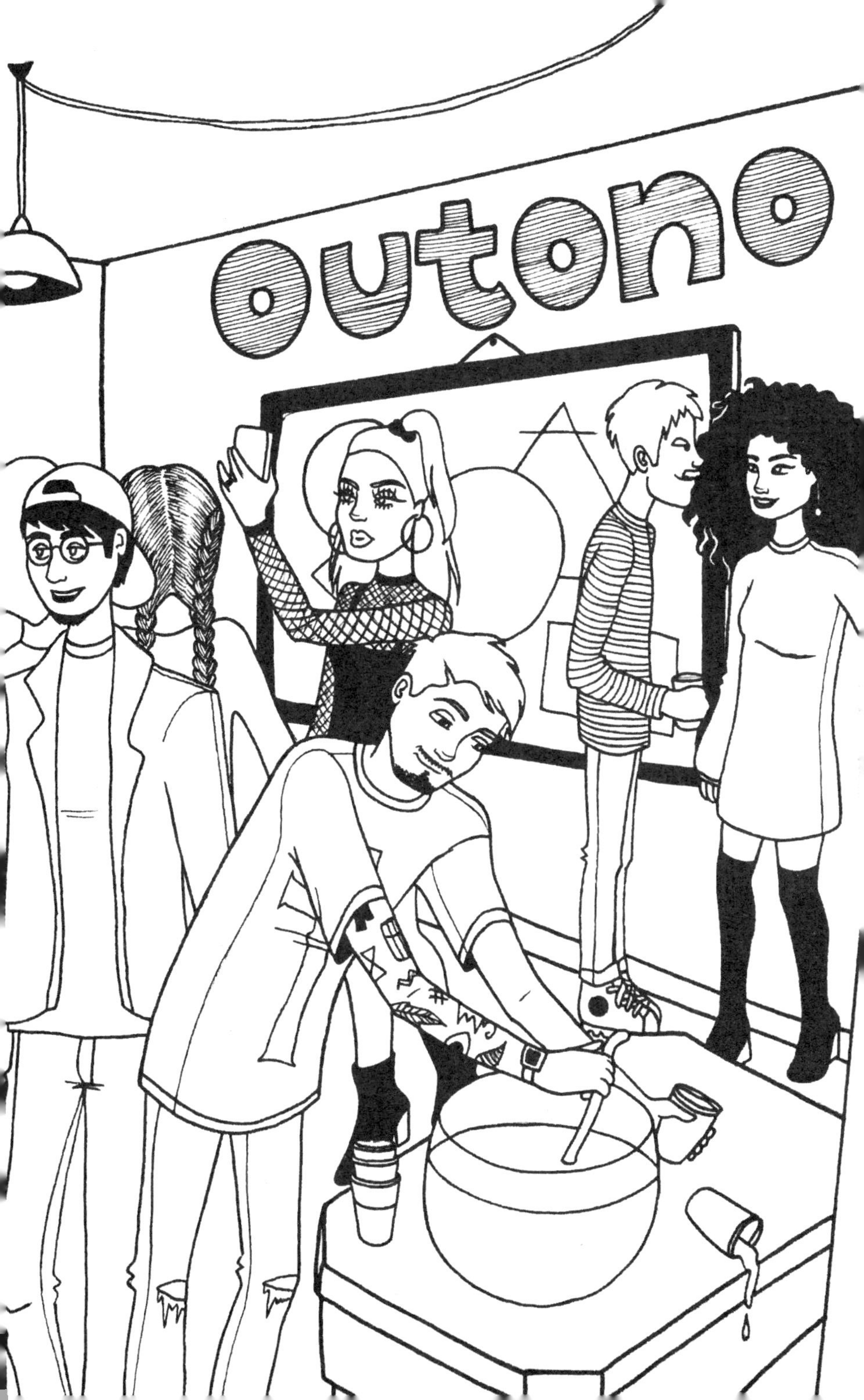
outono

Olá, Caderno!

Meu pai chegou em casa hoje.

Ueba!

Ele ficou fora nos últimos cinco meses, viajando de moto pela América Latina, e quando ele volta tem sempre presentes e um milhão de histórias incríveis.

Acho que metade é mentira.

Puxei isso do meu pai, é o que minha mãe sempre diz. Se eu começo a contar uma história e vejo que não é tão legal assim e que não está entretendo tanto as pessoas, eu começo a acrescentar pequenas mentiras pro caso ficar bem mais interessante. Tenho certeza de que meu pai faz isso com as histórias de viagem.

Mas eu gosto mesmo assim.

Quando voltei do colégio, ele tinha acabado de chegar e dado o presente da Agatha, que pela cara que ela fez não foi um presente de pai do ano. A Agatha também pega muito pesado com ele... Foi uma flauta de uma feira no Uruguai.

Eu gostei!

Ele disse que a flauta, na verdade, era de um menino índio que ganhou do avô e foi dada ao meu pai porque ele salvou a vida da mãe do garoto. Eles estavam no meio de uma estrada e a mãe grávida do menino indiozinho começou a entrar em trabalho de parto sem ninguém por perto além do meu pai, que passava de moto na hora. Aí, meu pai se lembrou do programa no Discovery Home and Health, sobre partos em lugares estranhos, e ajudou a mãe a parir a criança (mas depois ligou pra emergência e tiraram a mulher e o bebê do meio da estrada). Em troca, o indiozinho fofo deu ao meu pai a flauta que carregava no pescoço e que havia sido presente do avô índio.

Que história legal, né?

Mas como eu já disse... metade dela deve ser mentira.

Pra mim ele deu o melhor presente que poderia dar: um LP do Bob Dylan! Disse que trocou com um cara que conheceu na Argentina, e lembrou que esse disco eu não conseguia achar de jeito nenhum. Eu senti que ele ficou um pouco triste quando me deu... Mas achei normal e abracei ele bem forte.

Meu pai tinha a maior loja de discos, e depois de CDs, do estado. A galera vinha de todo lado pra comprar com ele, havia uma seção só de discos raros, o seu maior xodó. Tudo que sei de música eu devo a ele. Mutantes, Caetano, Gil, Cazuza, Erasmo, Novos Baianos, Beatles, Bob Dylan, America, Janis Joplin, Led Zeppelin e mais uma lista absurdamente gigantesca de artistas que ele ama e me ensinou a amar. Os tempos foram mudando, de repente ninguém comprava mais discos e agora ninguém compra mais CDs. A loja do meu pai faliu e fechou as portas há um ano, mas ele tinha bastante grana guardada. Por isso a gente vive bem (não sei por quanto tempo), e ele se deu ao luxo de viajar pelo mundo afora desde então.

Minha irmã acha um absurdo.

Meu irmão não fala sobre isso.

Eu acho justo. Ele tem o direito de querer buscar a felicidade do jeito dele, a vida é dele.

Mas eu sinto falta...

Pro Biel, ele trouxe uma camiseta dos Ramones. O Biel não gosta dos Ramones... Ele deveria ter trazido do Bob Marley. Mas os dois não conversam muito, então fica difícil acertar presente. Meu irmão falou "Valeu, pai" da maneira mais seca que conseguiu, e tenho certeza de que ele teria batido a porta do quarto depois se a porta ainda estivesse lá. Então, ele apenas foi pro quarto sem maiores escândalos.

Agatha perguntou ao papai sobre a namorada e ele falou "Que namorada?".

Acho que isso responde bem.

Bom, vou até a sala assistir *Friends* com ele.

Beijos,
Nina

PS: Por que eu te mando beijos todo dia? Parece meu diário do quinto ano.

Olá, Caderno!

Agora são cinco da manhã e não consigo dormir.
Me deu crise de choro.
Meu pai tá dormindo na sala, então tô chorando baixinho pra ele não escutar e pensar que tem alguma coisa a ver com ele.
Porque não tem.
Né?
Ou tem?
Bom, só sei que daqui a uma hora tenho que acordar pro colégio.

Boa sorte pra mim...

Olá, Caderno!

Nossa, que mico o que eu escrevi ontem.

Esqueça, por favor.

Acordei bem hoje, meu pai fez café da manhã, acredita?

Waffles!

Uma comida 100% americana e 100% amada na minha casa.

Mas a gente tem preguiça de fazer, então deixamos pra essas ocasiões especiais em que temos pais em casa.

Tô escrevendo só pra esclarecer que não tô triste. Aliás, nem sei por que chorei ontem à noite, e aí não queria deixar registrada aqui uma coisa que não é verdade.

Bom, é só.

Gente, não sei o que é mais mico: eu escrever sobre minha crise de choro sem explicação às cinco da manhã ou eu me justificar pra um caderno sobre isso.

Sem ofensas.

Beijo e tchau, tenho muita lição pra copiar do Cadu hoje.

Olá, Caderno!

O tempo fechou na residência mágica dos Francis.

Vamos começar do começo que o tema é brabo.

Cadu e eu combinamos de almoçar aqui em casa porque ele e meu pai são tipo almas gêmeas perdidas. Se amam. Meu pai se pudesse adotava o Cadu, embora Cadu não precise ser adotado, porque já tem seu par de pais perfeitos.

Par de pais literalmente.

O Téo e o Joaquim.

Ele tem o casal mais maravilhoso do planeta Terra como pais.

Enfim, fomos pra casa e quando chegamos vi meu pai e a Neide quebrando o pau:

"Como você sabe da existência dessa caixa e nunca me avisou, Neide? Você trabalha com a nossa família há anos! Eu confio meus filhos a você!"

É, Caderno... Ferrou.

A caixa de remédios da Agatha.

Minha irmã Agatha possui uma coleção de remédios tarja preta receitados sem nenhum problema pelo ginecologista irresponsável dela.

Não, ele não pode fazer isso.

Não, eu não sei por que ele faz.

Sim, provavelmente ele pode perder o emprego por isso.

Mas ele faz.

Agatha toma remédio pra dormir, pra acordar, pra atenção, pra emagrecer, pra brigar com o namorado e pra depois de brigar com ele também.

Principalmente pra depois de brigar.

Minha irmã sempre foi de longe a mais intensa de nós três. Ela sempre inventa problemas, dramas, tudo é oito ou oitenta, vida ou morte, ela não consegue viver a vida tranquilamente.

E sempre foi assim, desde que eu me lembro. Desde criança.

Com 9 anos ela falou pro meu pai que iria se matar com os remédios que a mamãe guardava do lado da cama se eles não a mudassem de volta para o período da manhã na escola. Porque ela gostava do Rafael e ele estudava de manhã.

Que criança usa esse tipo de ameaça? Tirar a própria vida?

E por causa de um menino!

Sem falar que se minha mãe desse menos atenção a ela por conta de mim e do Biel, ela chorava por dias. Dias mesmo, sem exagero.

Confesso que eu acho preocupante esse comportamento até hoje, mas acho que sinceramente eu me acostumei. E parei de ligar, parei de tentar dar bronca, meio que passou a ser normal.

Mas não é normal.

Teve um dia que ela mudou de opinião onze vezes (sim, eu contei) a respeito de uma decisão básica que precisava ser tomada: viajar pro México pra ver o Miguel ou ficar em casa pro meu aniversário. Deveria ser fácil, certo?

Eu não ligaria se ela fosse, e ela sabe disso.

Mas ela ligaria.

Ela se preocuparia em deixar sozinha a irmã mais nova e "meio órfã" (como adora dramatizar o fato de morarmos sem nossos pais). Eu não estaria sozinha, mas pra ela eu estaria e seria um abandono. Ela sente que deveria amar os irmãos, a família, mais que tudo. Diz que sempre prioriza a gente, que se voltou do México e abandonou tudo foi por preocupação comigo e com o Biel, apesar da história dos tacos. E, no mesmo segundo, muda de opinião falando que deveria viajar, sim, que somos crescidos e não podemos prendê-la aqui pra sempre e nem fazer essa chantagem emocional silenciosa (seja lá o que isso for) com ela.

Mas nós não fazemos.

Nada.

Eu quero realmente que ela seja feliz, mas nem adianta explicar isso, porque no próximo segundo ela já mudou de novo de opinião. E de novo.

Quando eu tento apontar essa atitude, ela só diz:

"Eu não tenho coerência mesmo, Nina. A essa altura todos nós sabemos, e não precisa me olhar com essa cara de dó."

Não é brincadeira.

Eu sei que parece bobo, mas tente conviver com esse tipo de atitude por 17 anos.

Sabe, acho que cada um cria uma defesa pros momentos difíceis da vida, cada um tem seu mecanismo.

Eu escrevo.

A Agatha surta.

O Biel guarda pra ele.

Eu não julgo minha irmã.

Percebo que ela se sente na obrigação de ser nossa mãe e nosso pai. Na realidade quem mais sofreu com a separação e a ausência deles foi a Agatha.

Não queria que ela carregasse esse peso. É tão nova quanto a gente, tá crescendo também, aprendendo todo dia, batalhando.

Admiro pra caramba a força dela.

Então eu não julgo.

Por isso, decidi fingir que não vejo mais os remédios.

Será que eu sou a pior irmã do mundo?

Quando meu pai me perguntou se eu sabia sobre a caixa, fiquei na dúvida se mentia ou falava a verdade.

Com qual das duas opções eu estaria traindo menos a minha irmã?

Decidi falar que eu sabia.

Fazia tempo que eu não via meu pai chorar.

Acho que porque fazia tempo que eu não via meu pai...

Eu o abracei e pedi desculpas.

Ele me abraçou e pediu desculpas:

"Vou voltar mais vezes, eu prometo."

Ele já falou isso algumas vezes.

Depois, Cadu e eu fomos pro meu quarto e ouvimos na outra linha do telefone meu pai falando com a minha mãe.

Atenção: isso não acontecia desde o dia que o Biel quebrou o cotovelo, faz anos.

Achei que essa conversa não deveria ser ouvida e pedi pro Cadu desligar, mas não sem antes ouvirmos um "Te amo", ou seria um "Tchau"?

Meu Deus, pais são confusos.

Agatha chegou em casa, ela e meu pai ficaram no quarto conversando por uma hora. Ouvi o choro dela, ouvi os dois gritarem, mas fiz questão de aguentar firme e não intervir. Era uma conversa que eles precisavam ter. Sozinhos.

Cadu acabou dormindo aqui na minha cama e tá ocupando todo o espaço.

Vou dormir na sala.

Beijos,
Nina

Olá, Caderno!

FATO ESTRANHO NÚMERO 1
Meu pai e Agatha estão se falando. Tipo, estão o mais próximo que posso chamar de "amigos". É sinistro e legal ao mesmo tempo, então resolvi nem perguntar. Hoje nós três vamos ao teatro! Biel não quis ir.

FATO ESTRANHO NÚMERO 2
Cadu está a fim de uma menina do colégio que usa aquele chinelo Clogs (é assim que fala?). Bizarro.

FATO ESTRANHO NÚMERO 3
Tem uma mariposa morando no meu quarto há aproximadamente quatro dias. Não sei se morreu. Não sei se tá presa. Não sei se tá tentando me irritar ou só demarcando território. Se estiver demarcando, ela conseguiu. Estou me mudando pra sala até o amanhecer.

 Beijos,
 Nina

Olá, Caderno!

Nada a declarar.
A mariposa continua firme e forte.

Beijos,
Nina

Olá, Caderno!

A mariposa continua firme na parede e achei que ela merecia um nome já que virou minha colega de quarto, então dei um nome pra ela: Olgha.

Beijos,
Nina

PS: Paulo acaba de curtir uma foto minha no Instagram. Antes tarde do que nunca, amigos.

Olá, Caderno!

Meu pai foi embora hoje.
E a Olgha também.
Confesso que tô meio triste... Por conta do meu pai, não da Olgha.
Acho que ele vai voltar mais rápido dessa vez, sabia?
Eu senti.
Ele me disse que só precisava retornar pra Colômbia pra resolver uns assuntos pendentes (NAMORADA... cof, cof) e depois voltava de vez. Será?
Ao mesmo tempo que quero que ele volte, acho que vai ser estranho morar de novo com um adulto, com o meu pai. A gente se acostumou com a nossa dinâmica de morar só nós três. A Agatha e eu quase não ligamos mais que o quarto do Biel não tenha porta e que, às vezes, o apartamento todo fique cheirando à maconha ruim dele. O Biel quase não liga de virar vegetariano, vegano e outras derivações quando as coisas estão acabando aqui em casa e nós não vamos ao mercado. A Neide não liga de arrumar nossa bagunça. Eu não ligo que a Agatha gaste todo o nosso dinheiro em telefonemas pro México. Ninguém liga que eu esqueça sempre de comprar o papel higiênico. Tudo funcionando!
Enfim.
Falando em Neide, achei estranho...
Segunda vez na semana que chego em casa e a Neide tá assistindo ao *Vídeo Show* enquanto o Biel lava a

louça. Não sabia que o Biel era tão prestativo. Deve ser uma habilidade adquirida recentemente.

Olhei pra Neide e ela gritou do sofá:

"Esse menino é uma *bença* de Jeová, Nina!"

UHUM. "Bença de Jeová"... Isso pra mim tá cheirando a golpe.

E eu vou descobrir.

Gostei desse final.

Beijos,
Nina

Olá, Caderno!

Esse mundo tecnológico está tão bizarramente bizarro que me dá medo.

Percebi há poucos dias que Agatha praticamente esqueceu como se escreve usando a mão.

É sério.

Esqueceu como se pega uma caneta.

Pedi pra ela me fazer uma lista de compras (sim, eu faço lista de compras de mercado, sou muito adultinha) e a cara dela de espanto quando me viu com uma folha de papel A4 e uma caneta Bic azul foi hilária. Ela pegou o papel e a caneta, começou a escrever, me olhou e disse "Meu Deus, me sinto no Maternal II segurando esses objetos extintos". Eu ri, porque foi uma piadinha legal e a Agatha não é muito boa com piadas. Foi mais como incentivo, pra ela não parar de tentar fazer piadas.

Depois comecei a pensar nisso olhando pros garranchos horríveis dela enquanto tentava decifrar o que eu tinha que comprar no mercado. Seria "detergente" ou "deprimente"? Acredito que "depressão" não esteja à venda no mercado, então por eliminação peguei o detergente.

As pessoas realmente estão esquecendo coisas básicas: escrever com a mão, sem digitar, ou comprar um CD e conseguir segurá-lo de fato, ou ler um livro e sentir o cheiro das páginas (que, aliás, eu amo), ou conhecer uma pessoa pessoalmente e conversar com ela pessoalmente.

Conversei muito com o Cadu sobre isso, e quando digo "conversei" quero dizer que fiz um monólogo de quarenta minutos sobre o assunto sem deixar que ele se manifestasse, como geralmente faço. Quando parei pra respirar, ele encontrou uma deixa e calmo como sempre me disse, "A gente pode ficar horas aqui falando sobre como nossa geração é detestável e como nós dois nascemos na época errada e seríamos muito mais felizes em outra década, comprando discos do Gil, conhecendo pessoas sem celular, participando de passeatas e movimentos contra a ditadura militar. Ou podemos aprender a aproveitar a geração em que nascemos e agradecer por você ter acesso em tempo real ao novo CD que o Arctic Monkeys acabou de lançar e está fantástico. Você vai pirar se te conheço bem".

Odeio que o Cadu sempre tem razão.

Maaaaas, ainda assim, eu tive uma ideia de gênia.

Decidi que nós dois vamos começar a mandar cartas um pro outro, contando sobre o nosso dia, semana, escrevendo música, poesia, enfim, qualquer coisa que quisermos falar na verdade, o importante é a surpresa de receber uma carta, entende? A magia de você poder guardar aquilo pra sempre e depois mostrar pros seus filhos (se tivermos filhos, porque o Cadu tem cara de quem não vai ter), e é óbvio que vamos mandar pelo correio, com selo e tudo mais. Precisa de selo pra mandar carta, certo? Vou pesquisar isso.

Ele achou minha ideia incrível! (Ok, talvez ele não tenha usado a palavra incrível, mas tenho certeza que o silêncio foi porque ele achou legal.) E vamos começar amanhã mesmo!

    Me recuso a ser uma adulta que não sabe escrever e que constrói relações superficiais baseadas em conversas on-line.

    Me recuso.

    Quem está comigo?!

    Falei bonitão, não?

    Beijos,
Nina

PS: Paulo acaba de curtir duas fotos minhas ANTIGAS, de quatro SEMANAS ATRÁS, no Instagram. Sabe o que isso significa? QUE EU ARRASO NA SEDUÇÃO.

Olá, Caderno!

Preparado pra festa do ano?

A Agatha sabe ser maravilhosa quando não está ocupada sendo a namorada barraqueira do Miguel que xinga em espanhol enquanto balança as mãos ao telefone.

Tudo começou porque eu precisava de um plano.

Ok, Paulo me seguiu no Instagram e já sabe da minha existência, mas e agora? Qual o próximo passo?

Pensei em várias coisas, como começar a persegui-lo na aula de teatro ou descobrir onde ele mora e passear com o cachorro todo dia lá na frente da casa até nos encontrarmos casualmente. Não tenho cachorro, mas eu poderia pegar algum emprestado. Acho que o Seu Gideon (o zelador do meu prédio carinhosamente chamado por mim de Seu Digimon) emprestaria.

Mas a minha irmã mais velha e mais experiente teve uma ideia mais simples e perfeita. Vamos fazer a festa do ano aqui no apartamento e ele não só virá como vai amar a mim e a minha capacidade de dar festas incríveis. Tcharaaaaaam!

Agatha: "Foco. É o que eu sempre digo, Nina. Tenha foco no seu homem. Não pareça desesperada, ao mesmo tempo seja rápida como uma gazela. Ele virá nessa festa e não vai ser nem convidado, essa é a nossa meta. Fazer com que ele queira vir justamente por não ter sido convidado."

Não tenho certeza se gazelas são rápidas, mas entendi o lance do foco e o lance de não ser convidado.

É bem genial.

Eu sempre quero ir a festas que não sou convidada, parecem extremamente mais legais do que as que eu sou. E pro Paulo ficar sabendo é só convidarmos todos os melhores amigos dele. Simples.

Contamos pro Cadu e pro Biel da festa e, pra nossa surpresa e alegria, eles parecem até mais animados que a gente, cada um tem uma lista pessoal de mais de dez meninas. Ou seja, será um congresso de possíveis paqueras de Cadu e Biel. Mas, dane-se, nem vou esquentar com isso porque sou uma mulher focada e rápida como uma gazela.

Fizemos uma lista e separamos as funções de cada um:

– Iluminação, comida, segurança (?) e pessoas mais velhas e "legais" (não sei que pessoas são essas, já que ela não tem amigos, mas tudo bem, deixa a menina sonhar). *(Agatha)*

– Música, instrumentos, decoração e tirar os tapetes da mamãe. *(Eu)*

– Convidados, controlar todas as meninas da festa o suficiente para não chegarem perto do meu foco ~Paulo~ de forma atrativa pra ele, e lista de emergência caso a minha lista de músicas acabe antes do previsto. *(Cadu)*

– Coisas ilegais. *(Biel)*

Não tem como dar errado!

Beijos,
Nina

Olá, Caderno!

Vamos começar pelo começo.
Aliás, não. Vamos começar pelo final.

CENA QUE EU PRESENCIEI NÚMERO 1
Uma labareda que fizeram com o meu desodorante e um isqueiro no quadro da sala. Sim, uma labareda de fogo. Não, ninguém morreu. Sim, foi o amigo do Biel.

CENA QUE EU PRESENCIEI NÚMERO 2
O Biel transando no meu quarto com a Ana Paula do meu Inglês porque o quarto dele estava sem porta. EU MANDEI LAVAR OS LENÇÓIS PORQUE REALMENTE NÃO SOU OBRIGADA... Ele passou de todos os limites de "minha irmã gêmea é superlegal".

CENA QUE EU PRESENCIEI NÚMERO 3
A Agatha, depois de uma hora sumida, trancada na despensa. Ela ficou gritando, mas ninguém ouviu por conta da música. Ainda não sabemos quem trancou, mas claro que o resultado do trauma realmente horroroso de ficar presa na despensa por sessenta minutos será uma encheção de saco eterna na minha vida. Vai ser uma história que ela vai contar mudando vários detalhes pra todas as pessoas que eu levar pra casa: "O dia em que Agatha quase morreu sufocada na despensa." Como se desse pra morrer sufocada na nossa despensa.

CENA QUE EU PRESENCIEI NÚMERO 4
Cadu apareceu com um amigo que levou o Thiaguinho pra minha casa. Sim, o cantor. Ele ficou cantando até as seis da manhã. Juro. Juro mesmo. E ele tem um segurança que se chama Theodoro, que me ajudou a controlar o fogo no quadro.

CENA QUE EU PRESENCIEI NÚMERO 5
Um menino que eu nunca vi na vida vomitando pela janela da sala e o jorro caindo lá embaixo perto do portão do prédio. O Seu Digimon viu tudo. Ou seja, vou ter que reconstruir minha relação de confiança e respeito com meu porteiro. E construir isso demorou anos!

Agora vamos aos fatos:

FATO NÚMERO 1
Biel colocou alguma coisa estranha no ponche e não avisou a ninguém (menos eu), e a festa toda ficou bem louca. Tipo, bem louca mesmo. Não sei até que ponto ele pode ser preso por isso ou não. Acho que pode.

FATO NÚMERO 2 (e o único que realmente importa)
Fiquei com o Paulo!
Basicamente é esse o fato, mas ainda não sei como me sentir em relação a isso... Não que tenha sido ruim. Pelo contrário! Mas sabe quando você fica planejando uma situação por tanto tempo que quando acontece chega a ser estranho?
Não, claro que não sabe, você é um caderno.
Bom, eu decidi desde antes dele chegar na festa que o meu plano da noite seria fazer um "Correio Elegante", tipo de festa junina. E adivinha quem era a única

pessoa que cuidava dos bilhetes enviados? EU. Sim, eu sei que todo esse conceito de "Correio Elegante" não é muito comum quando você tem mais de 7 anos de idade e quando não é festa junina, mas a festa é minha e eu faço o que quiser.

E uma vez que a festa é minha e eu faço o que quiser, posso também forjar todos os bilhetes do meu Correio Elegante, já que a maioria das pessoas não entendeu muito bem a ideia no começo. Então comecei a escrever vários bilhetes: "Não consigo parar de olhar pra você", "Me encontre ao lado da janela em cinco minutos" (adorei esse meio James Bond) ou "Te dou uma chance pra adivinhar quem sou" e outras coisas idiotas do gênero. Me empolguei e mandei pra festa toda, aí sim a galera pirou!

Eu sabia que era uma ótima ideia quando Biel e Cadu quiseram vetar. E foi um sucesso.

Como eu era a única com acesso aos bilhetes, segurava todos os que fossem pro Paulo.

Simples!

Mandei recados apaixonados pra todos os amigos dele menos pra ele de propósito, fiquei melhor amiga do amigo baterista (conhecido pelo apelido de Loiro, ironicamente porque ele é moreno, deve ser uma piada interna), tentei agitar todas as meninas da festa pro Loiro, ficamos BFFs, mostrei que os amigos dele me achavam superlegal, descolada e comunicativa. Com isso, o Paulo não parava de olhar pra mim e tentar interagir também. Até que ele me puxou pelo braço e falou:

"Posso mandar um correio elegante pro Cupido?"
E eu respondi:

"Poxa... Até poderia, mas o Cupido tá no horário de trabalho."

Piada ruim, porém necessária. Eu sei.

Ele pegou o caderno da minha mão e escreveu:

"Acho que o Cupido merece uma folga. Posso te oferecer uma bebida na sua própria casa?"

Eu escrevi de volta:

"Meu irmão gêmeo do mal colocou alguma coisa estranha na bebida há mais ou menos trinta minutos. E é provável que a festa toda esteja alucinada, então acho que tenho uma ideia melhor..."

Foi então que...
LEVEI ELE PRO ROOFTOP DO MEU PRÉDIO!
Sempre quis fazer isso.

Acho tão perigosinho e romântico.

Esperava que ele pensasse que eu ia lá o tempo todo, que era tipo um esconderijo meu, e não que eu nunca tinha feito isso antes. Fui o caminho inteiro no elevador rezando pra estar aberto, porque isso tiraria todo o glamour da história.

Acho que passamos umas três horas lá em cima, mas juro que nem vi o tempo passar.

Foi mágico...

Nossa conversa, o beijo, TUDO.
Mas calma.
Muita calma.

Como ele ainda não me mandou mensagem nem ligou e faz vinte e quatro horas desde o nosso momento mágico no topo do prédio, eu estou tentando manter a calma e baixar as minhas expectativas, me recuso a bancar a boba apaixonada por um cara que nem me procurou.

Então, por enquanto é isso.

Espero que não seja só isso.

Beijos,
Nina

PS: A casa está a maior zona da história das zonas depois dessa festa. Agatha está tentando convencer a Neide a limpar porque ela se recusa e diz que só volta a trabalhar na nossa casa depois de arrumarmos tudo. Acho que a Agatha vai oferecer dinheiro! Vou lá dar uma força.

PS 2: Nem me toquei na hora, mas seja lá o que for que o Biel colocou no ponche, podia ter dado a maior merda e eu seria cúmplice...

Olá, Caderno!

Faz três dias que não escrevo, porque eu estou muito ocupada amando.

SIM, AMANDO.

EU AMO O PAULO!

Já consigo ver nós dois e nossos três filhos na Disney, no castelo da Cinderela, e nossa filha vestida de super-herói porque somos super a favor da igualdade de gêneros e as pessoas conservadoras torceriam o nariz, mas a gente nem ligaria. Vejo a nossa casa com quintal, jardim, rede e uma casinha estúdio na árvore, e nossas carreiras bem-sucedidas na música, e piadas sobre como nos conhecemos tão novos e demos tão certo, e entrevistas sobre como eu consigo conciliar família e trabalho, e nossa iguana chamada Françoise Hardy em homenagem a nossa lua de mel na França.

EU JÁ CONSIGO VER TUDO E É UM FUTURO LINDO.

Ele não só falou comigo como *está* falando comigo e me ligando todo dia, eu sempre soube que era ele! Meus planos e as horas stalkeando nas redes sociais não foram em vão.

Mais um ponto pra Nina no incrível jogo da conquista.

Agora tchau que tá bem mais legal falar com ele do que escrever em você.

Foi mal.

Beijos,
Nina

Olá, Caderno!

ACHO QUE EU E PAULO TEMOS UM APELIDO RIDÍCULO.

Não vou escrever aqui porque tô com medo de ainda não ser um apelido e eu pagar mico me precipitando. Então, se virar de fato um apelido, eu escrevo depois, senão a gente esquece. Ok? Ok (falei igual naquele livro em que o casal *teen* tá morrendo de câncer, esqueci o nome agora, mas adoro aquela atriz do filme).

O que interessa agora, de verdade, é que fizemos uma música juntos.

Sim, uma música.

E se você pudesse ouvir a música iria cair pra trás, Caderno.

Nunca mais tinha acontecido isso desde o Edu... Nunca achei que me daria vontade de compor de novo SOBRE uma pessoa e menos ainda cantar JUNTO. Com o Edu era complicado, nunca me sentia completamente à vontade pra falar minhas ideias e compor, ele sempre dava um jeito de parecer que eu estava fazendo algo errado ou que não era bom o suficiente. Parecia mais uma competição, uma prova, e não uma parceria.

Com o Paulo foi tão diferente, tão mais tranquilo.

A música é linda, foi ele quem começou, me mandou e pediu ajuda para compor o segundo verso. Eu escrevi e mandei a minha parte cantada por e-mail.

Ele respondeu:

"Caraca... O que eu faço com você agora, menina? S2"

E eu:

"Ué, não me larga (:"

Eu acho que eu gosto mesmo dele.

Nina

Olá, Caderno!

O Cadu está me traindo.

Eu não posso ficar nem ausente/apaixonada/estúpida/chatadeaguentar por algumas semanas por conta do Paulo que ele já começa a me trair. Isso é um absurdo.

Veja bem, existe uma diferença muito grande entre ficar com alguém e se apaixonar e ficar com alguém que você quer que seja seu melhor amigo e ocupe esse lugar tão sagrado.

E eu nunca fiz isso com o Cadu.

Nunca.

Jamais.

Sob nenhuma circunstância.

O lugar dele sempre é o mesmo, o de melhor amigo absoluto, lugar que nenhum paquerinha ou namorado meu jamais chegou perto (acho que isso fala bastante sobre meus últimos namorados, né?). Mas, enfim, o Cadu tem o irritante hábito de se apaixonar por meninas que têm potencial de tirar o meu lugar de melhor amiga. Ele se apaixona por meninas que têm a qualidade de melhor amiga dentro delas. E quando eu me dou conta, elas estão jantando na quinta-feira, na noite da pizza, com os pais dele, assistindo à maratona de *Making a Murderer*, na Netflix, e debatendo todos os possíveis culpados do crime. Já estão chamando Olivio, o hamster dele, pelo apelido (que é Vivi e eu que inventei e só eu posso chamá-lo assim, obrigada, de nada), pedindo pra copiar as lições dele de História da Arte e Filosofia, e ME ODIANDO. Em algum momento dessa relação, elas passam de paqueras do Cadu que amam puxar o meu saco, buscando desesperadamente a minha aprovação, a odiadoras profissionais da Nina.

Foi assim com a Vitória, a bailarina. Tenho arrepios só de pensar nela até hoje. A garota conseguiu me afastar do Cadu por um mês no ano passado, e foi o pior mês da minha vida. Fiquei tão sozinha que considerei me mudar pro México com a Agatha e o Miguel.

Juro.

Geralmente o Cadu percebe logo a palhaçada e corta antes que fique grave, mas a bailarininha de quinta conseguiu separar a gente legal. Trato até hoje isso na terapia (mentira, não faço terapia, mas se eu fizesse com certeza seria um tópico).

Acho que é por isso que eu tô tão apavorada... Dessa vez acho que vai ser tipo a Vitória. O Cadu já vinha me falando dessa tal de Lola há um tempo. Conhecemos ela no Starbucks ao lado de casa, ela trabalha lá, e eu caí na besteira de falar pra ele que tinha adorado o estilo dela, que mesmo com o uniforme do trabalho ainda tinha estilo próprio. Eu sei que a culpa foi minha, eu fiz com que ele reparasse na garota, mas eu ainda não tinha sentido o potencial de melhor amiga dela, achei que poderia ser só uma paquerinha legal. Acabou que ela tem 18 anos, já morou um ano na Austrália, seis meses no Havaí, mora agora com o pai ator em Vila Madalena e quer fazer Faculdade de Cinema. Ah, e tem cabelo azul. Meu alarme de perfil do Cadu apitou.

Isso faz duas semanas e agora faz uma semana que eles se veem todos os dias.

TODOS OS DIAS.

E eu só vejo o Cadu na escola.

Ele diz que eu tô uma chata também, que só falo do Paulo e que eu tenho que respeitar mais o espaço e o momento dele porque ele respeita os meus, mesmo não concordando na maioria das vezes.

Talvez ele tenha razão.

O Cadu sempre tem razão.

Vou tentar ser mais madura dessa vez porque, afinal, se ela está fazendo ele feliz então eu tô feliz, né?

Vou falar isso várias vezes na frente do espelho pra ver se começo a acreditar.

Beijos,
Nina

PS: Enquanto isso, tudo ótimo comigo e com o meu novo marido, Paulo.

Olá, Caderno!

Esqueça tudo que falei sobre maturidade na página anterior.

Eu não sou madura.

O Cadu não me atende mais e isso nunca aconteceu na história da nossa amizade, então decidi que vou matar a Lola (a garota alternativa) e vai ser uma morte lenta e dolorosa.

Beijos,
Nina

Olá, Caderno!

Preciso conversar mais vezes com o Biel.

Hoje cheguei do colégio depois de passar quatro horas exaustivas ignorando o Cadu com a minha greve de fala e mais meia hora gastando a minha fala com a Ana Paula (a blogueira) do meu Inglês, que decidiu que agora pode discutir política na nossa última aula e fazer toda a sala ficar presa até mais tarde.

Além de transar com o meu irmão na minha própria cama e ser uma blogueira absolutamente fútil que eu jamais vou conseguir respeitar, agora ela acha que tem inteligência e informação suficientes pra começar uma discussão sobre política! Todos os seus argumentos são cópias do que o pai milionário fala em todas as reuniões de pais.

Aliás, nem preciso dizer o quanto meu pai já brigou com o pai dela por isso. Até aí, foda-se. Eu também não sei nada de política, então fico quieta com a minha ignorância.

O que me incomoda é que, provavelmente, essas pessoas sabem menos do que eu e discutem e apontam dedos com uma propriedade que parece que já foram presidentes da República.

Tá todo mundo errado, nosso sistema político tá inteiro errado e eu não sei o que fazer pra consertar, me preocupo com isso e me preocupo com o país que vou deixar pros meus filhos.

Agora, ter que ouvir patricinha falando besteira, sobre assuntos que ela não faz ideia, e ainda ficar presa na última aula por isso?

Não, obrigada.

Começou com um bate-boca, sei que teve um empurrão no meio. Quando dei por mim, eu estava na diretoria sendo suspensa por "agredir fisicamente" a Ana Paula.

Estávamos indo a pé pra casa, Biel e eu em silêncio, quando ele falou:

"Suspensão por agredir fisicamente uma colega de classe no meio de uma discussão política, que orgulho da minha irmãzinha. Achei que você, além de odiar, não soubesse nada de política."

"Eu odeio e não sei nada de política."

E nós dois rimos.

E aí ele me abraçou.

E eu chorei.

Ridículo, né? Nem sei por que eu chorei.

Tentei explicar que não era a política, era que eu estava estressada com a ignorância da Ana Paula, com a distância do Cadu, com o sumiço do Paulo e também porque eu sentia muita falta dos nossos pais. (Aliás, com tudo isso esqueci de te falar que o Paulo sumiu ontem. Eu sei que é só um dia e que não existe motivo pra drama, mas não consigo evitar. Meu humor varia ultimamente de acordo com a ausência ou presença do Paulo na minha vida.)

O Biel me olhou daquele jeito que só ele olha e falou pra eu tomar cuidado. Que ele odiaria me ver passando por tudo que eu passei com o Edu de novo, que eu preciso entender que sou uma garota incrível e que não preciso colocar o controle da minha vida, da minha felicidade e do meu humor na mão do primeiro bonitinho que toca guitarra que aparece, e que o Paulo não é nenhum príncipe. Ele sabe, porque ficou com a ex-namorada dele e descobriu várias histórias e traumas dela que, aliás, eram bem parecidos com os meus com o Edu.

O Biel tá completamente certo.

Eu não quero cometer os mesmos erros de novo...

Eu não quero me sentir daquele jeito nunca mais.

Claro que as pessoas evoluem (até certo ponto) e que cada relacionamento é único, mas eu não quero me boicotar mais, quero me relacionar de maneira saudável com quem quer que seja. Afinal de contas, eu sei o meu valor.

Sei que eu não preciso de ninguém.

Quer dizer, sei na teoria.

Na prática, é uma história bem (completamente) diferente.

Não sei o que pensar, minha cabeça tá pifando.

Mas vou ter tempo pra lidar com isso, afinal estou suspensa do colégio por três dias.

Beijos,
Nina

Olá, Caderno!

Tem algo estranho...
Paulo voltou a falar comigo hoje. Contei do meu pequeno incidente político na escola, ele riu, falei da minha crise com Cadu, ele riu, falei de como era bom levar suspensão e ficar o dia todo em casa vendo Netflix e tocando violão, ele riu, perguntei quando a gente ia se ver, ele disse "Ah, é complicado, lindinha...".
É complicado, lindinha?!
Pra mim não é nada complicado, lindinho!
Aliás, é bem simples: ele pega um táxi, ônibus, Uber, metrô, camelo, carruagem, jatinho particular, cavalo, bicicleta e vem de Alphaville até os Jardins. Sem trânsito são quarenta e cinco minutos, com trânsito, uma hora e meia. Não é nada complicado, e não ter carro não é desculpa pra mim.
Tô errada?
Fiz uma lista de desculpas e argumentos dele nos últimos dias:

Desculpa 1: "Tenho que estudar, lindinha."
Minha resposta: "Ah..."
Meu argumento mental: Ok, eu acreditaria em você se estivéssemos falando de estudo intensivo de Medicina ou Direito, mas você mal frequenta as aulas (de Culinária), porque a prioridade da sua vida é a MÚSICA, como você sempre diz... ESTRANHO.

Desculpa 2: "Nossa, tô exausto, gatinha... Mas queria tanto te ver."
Minha resposta: "Haha..."

Meu argumento mental: EPA, EPA, EPA, peralá! Tá exausto do quê, gatinho? Só se for de digitar pra falar comigo o dia inteiro, porque você tem 19 anos, faz show a cada dois meses e mais nada da vida, toma vergonha nessa sua carinha. ESTRANHO.

Desculpa 3: "Você podia vir aqui em casa, né? (:"
Minha resposta: "Putz, cheia de coisa pra fazer da escola..."
Meu argumento mental: QUERIDO, VOCÊ COMEU COCÔ? Eu quero ser tratada como uma princesa e princesas não passam perrengue de uma hora sabe-se lá com que meio de transporte pra visitar um cara em Alphaville só porque ele está com preguiça de tirar a bunda rockeira do sofá!!!

Espero muito que a Agatha nunca me ouça falando esse meu último argumento da princesa, porque é um argumento extremamente machista e ela virou feminista anteontem. Disse que nós precisamos tirar os ensinamentos machistas que estão impregnados na nossa cabeça e nos impede de ser mulheres livres e que não vai mais raspar o sovaco. Ou axilas.

Eu concordo com a parte de sermos mulheres livres e tal e não concordo com a parte do sovaco, ou axilas.

Mas cada uma faz o que quer, e isso não me torna menos ou mais feminista.

E essa é a Agatha que conhecemos, sempre mudando a cada dia. Aposto que ela leu a respeito num site e tá falando pra todo mundo exatamente o que leu. Sem tirar nem as vírgulas.

Mas pelo menos é uma causa boa...

Acho que com o tempo ela vai aprendendo o que significa ser feminista realmente.

Biel e eu apostamos cinquenta reais no tempo que esse feminismo com pelos duraria.

Pra você ter noção, minha irmã é conhecida no salão da nossa rua como "a louca da depilação", sempre foi até um exagero.

Eu apostei que até o fim de semana e o Biel acha que até depois de amanhã, porque ela vai ter uma sessão de fotos de uma loja de biquíni e não vai se aguentar.

Veremos.

Enquanto isso, vou tentar esquecer o fato do Paulo estar me evitando.

Beijos,
Nina

PS: Acho que eu quero ser feminista também. Na verdade acho que eu meio que já sou. Tirando essa ideia de princesa e tal... Vou pesquisar mais sobre isso.

Olá, Caderno!

Achei quarenta reais no bolso da minha calça jeans. Vou gastar tudo em comida!

Beijos,
Nina

Olá, Caderno!

ALERTA VERMELHO.
Preparado?
PAULO SUMIU.
S U M I U.
Três dias inteiros sem falar comigo, então agora é oficial: ELE ME ODEIA.
Eu não entendo, como ele pode me odiar? Eu fiz tudo direitinho, eu fui perfeita!
Será que não entendeu que eu sou a pessoa certa pra ele e que não existe possibilidade alguma de ele não estar louco por mim?
Se ele colocar "meu par perfeito" no Google, vai aparecer uma foto minha.
Não tem como eu estar tão errada assim...
A gente fez até música!
HELLO!!
Duvido que ele tenha tido esse tipo de conexão divina cósmica com outra garota.
Fazer música é coisa séria. Não é?
Só se foi por causa da ex!
Não, não pode ser, Caderno.
Ele falou muito mal dela pra voltarem agora... Ela também nem se prestaria a esse papel. Ou se prestaria?
Cara, tô mal.

Cadu segue loucamente apaixonado por Lola. Tão apaixonado que eu nem tô mais falando com ele direito, ele passa todo o tempo livre com ela, e na escola eu me sinto até mal de ficar falando coisas tipo o meu surto com o Páulo enquanto ele tá tão feliz.

Noutro dia, a Lola tava no portão do colégio esperando por ele, toda cheia de cílios, cabelo legal, tatuagens e sem uniforme.

Quando saímos ela olhou pra mim e falou "Nina, né?"

Atrevida, não?

Fingiu que não lembrava o nome apenas da pessoa mais importante na vida do Cadu.

Quer dizer, pelo menos eu era antes dela...

Ele me contou que os dois vão acampar no fim de semana, com uns amigos dela. Ele sempre me chamou pra acampar e eu sempre ri na cara dele falando JAMAIS.

Toma mais essa, Nina.

Sabe, acho que preciso de terapia.

Eu tô muito confusa.

Eu fazia terapia quando era mais nova e era legal... Eu tinha 6 anos. Na verdade, eu nem sabia por que estava lá. Minha mãe disse que eu era muito ansiosa e medrosa, tinha medo de ir nos passeios da escola porque achava que ia fazer xixi na calça (?). Estranho, não? Eu achava que se eu estivesse em um lugar e o banheiro fosse longe, eu ia fazer xixi na calça, então falava pros meus pais que eu preferia ficar em casa.

O que eu ganhei com essa história do xixi?

Terapia.

Lembro que quando eu entrei na sala da psicóloga pela primeira vez, eu falei "Oi" e ela "Oi, Nina" e eu "Não sei se eu quero ficar aqui, acho que prefiro ficar em casa. O que tem pra fazer aqui?" e ela respondeu tudo que uma criança quer ouvir "Você pode fazer o que quiser". Eu, que era a gênia do crime desde aquela época, falei "O que eu quiser? Qualquer coisa? Hummm... Então eu quero colocar fogo naquela planta". Ideia legal a minha, não?

A resposta dela foi "Mas, Nina, se você colocar fogo naquela planta, ela vai morrer. Você quer matar a plantinha? Ou você quer queimar as folhas secas que já morreram e caíram da plantinha?"

Agora, analisando, acho que esse foi um teste da psicóloga pra ver se eu era uma criança psicopata, e eu aparentemente passei no teste falando "Não, não, só a folhinha que já morreu". E nós ficávamos lá queimando folhas e conversando. Depois, resolvi fazer pipoca com corante rosa, desenhar com massinha na parede, depois disso não lembro mais, acho que parei de ir.

Voltei a fazer terapia anos depois, quando meus pais se separaram e meu pai ainda morava aqui com a gente. Mas não era a mesma coisa... Eu só falava e falava e falava e chegava a conclusões sozinha e a psicóloga ficava lá olhando pra minha cara e rindo das minhas histórias.

Inapropriado ela rir dos meus problemas, não?

Talvez eu devesse voltar a fazer terapia.

Vou ligar pra minha mãe hoje pra conversar sobre isso.

Ela me ligou ontem, mas eu não queria falar, mandei o Biel mentir que eu tava dormindo.

Vou ligar, assim que meu cérebro calar a boca, porque hoje ele tá impossível.

Beijos,
Nina

Olá, Caderno!

Cansei do silêncio do Paulo e apelei pro meu último recurso: Agatha.

Entrei no quarto dela depois do almoço e ela estava com o Miguel no FaceTime, eles pareciam bem, conversavam tranquilamente, sem brigas, ela até me chamou pra falar um oi pra ele e recebi um "*Hola, chiquita!*" de volta do galã do SBT, olha que emoção. (Isso foi irônico caso não tenha ficado claro.)

Depois de ouvir a minha história atentamente, ordem cronológica, anotando detalhes, nomes e datas no bloco de notas do celular (sim, ela anotou), a Agatha disse que precisava pensar por cinco minutos sozinha e já me chamava.

Eu saí do quarto e fiquei sentada no corredor esperando ela me chamar enquanto observava o Biel pelado no quarto ainda sem porta falando no telefone com alguém algo do tipo "Não, na escola não, eu sei... Mas a gente se encontra depois. Eu já disse que não fui eu..." Com quem será que ele tava falando? Papinho mais estranho...

Antes de conseguir descobrir mais alguma coisa, a Agatha me puxou pro quarto de novo, fechou a porta e aí, sim, Caderno, ela teve uma ideia brilhante!

NÓS VAMOS PRA SANTOS!

Nos cinco minutos que ela passou pensando, a Agatha entrou no Facebook da banda do Paulo e viu que na agenda deles (que geralmente não tem nada) tinha um show em Santos esse fim de semana, um show aberto da prefeitura de Santos pra ser mais exata, numa praça pública. Aí que entra a ideia brilhante: a Agatha namorou um vereador de Santos antes de mudar pro México, um milionário chamado Guilherme Pudim, que por acaso é apaixonado por ela até hoje e sempre convida a gente pra passar um fim de semana lá na mansão dele.

Esse fim de semana chegou, meu caro Pudim!

Nós vamos fazer as malas, vamos pra Santos, vamos aparecer lá no show da prefeitura com o maior vereador da cidade e vamos fingir que foi tudo uma grande coincidência da vida! Aí, sim, eu vou ter a prova real do que aconteceu com a minha relação perfeita de um mês com o Paulo. Tô ansiosa pra ver a cara dele quando me vir lá!

Pra quem achava que ir pra Alphaville visitá-lo era demais, ir até Santos sem ser convidada só pra persegui-lo é o quê?

Ai, ai, tenho uma facilidade em trair as minhas convicções que até eu mesma me assusto.

Vou fazer as malas.

Beijos,
Nina

Olá, Caderno!

Malas prontas.

A Agatha brigou com Miguel porque ele não aceitou que ela ficasse na casa do ex.

O Biel brigou comigo porque não acreditou que, depois da nossa conversa, eu vou até outra cidade perseguir um garoto.

Ou seja: tudo certo!

A Agatha colocou ontem tipo um botox na boca. Não é botox, acho que se chama ácido hialurônico, é tipo o que aquelas mulheres de Hollywood colocam pra ficar com bocão, sabe?

Pois é, tá sinistro.

A boca tá imensa e ela tá falando engraçado.

"Tá rindo do quê? Todas as cantoras que você gosta colocaram isso na boca! Não dou uma semana pra você ver como eu fiquei espetacular e me pedir pra te levar pra colocar também." Palavras dela quando eu soltei uma risadinha sem querer depois do porteiro perguntar ontem se estava tudo bem com a cara dela.

Aconteceu uma cena inusitada hoje mais cedo: Vi o Biel arrumando a cama dele enquanto a Neide tomava tranquilamente um chá na sala.

Aí tem. Resolvi não perguntar nada por enquanto.

Tenho que descer agora.

SANTOS, AÍ VOU EU!

Beijos,
Nina

Olá, Caderno!

Estamos nesse momento sendo procuradas pela polícia rodoviária.

Não, não é brincadeira nem força de expressão.

Acho que nós matamos uma pessoa!

E quando digo uma pessoa eu quero dizer um policial!

Mas não matamos de verdade porque eu vi e ele estava respirando.

Eu sei, tá ficando cada vez pior!

Desculpa a minha letra tremida, é que tô escrevendo no carro logo após a nossa fuga.

Calma, vou respirar fundo e tentar escrever o que acaba de acontecer assim que a Agatha parar de berrar.

Parou de berrar.

Há mais ou menos cinquenta minutos nós saímos de São Paulo, colocamos o endereço do vereador Guilherme Pudim no Waze, colocamos o CD do Justin Bieber pra tocar, colocamos nossas pantufas de viagem do Barney, o dinossauro, e pegamos a estrada felizes e contentes rumo a Santos, sem imaginar que iríamos cometer um crime exatos quarenta e sete minutos depois.

Eu nunca fui boa com o Waze.

Da última vez que a Agatha me pediu pra ir falando o caminho pra ela na nossa viagem pro Rio de Janeiro no carnaval, eu confundi esquerda com direita e acabamos pegando, às três da manhã, a ponte Rio-Niterói, que tem aproximadamente treze quilômetros, sem posto de gasolina, sem retorno, com a gasolina na reserva apitando. Ali eu achei que íamos morrer. Mas não morremos, só dirigimos treze quilômetros de ponte quase sem gasolina, pagamos o pedágio, abastecemos o carro em Niterói, voltamos os treze quilômetros de ponte, e a Agatha nunca mais me deixou olhar o Waze. Até hoje.

Tudo estava indo muito bem, eu estava arrasando como copilota, aliás. A Agatha estava até esquecendo que não confiava em mim e de tão relaxada arriscou cantar algumas músicas do Bieber comigo (supermal e errando todas as palavras em Inglês) durante a viagem. Achei que todo esse trauma do Waze tinha ficado em algum lugar nebuloso do meu passado quando eu ouvi a Senhora Waze falando a palavra mais assustadora que ela consegue pronunciar "Recalculando."

NÃÃÃÃÃÃÃO!

A Agatha freou o carro que nem uma maluca no meio da estrada, com vários carros buzinando e nos ultrapassando, e me olhou com aqueles olhos de quem vai cometer um assassinato. Eu expliquei quase chorando que tínhamos que ter pegado um retorno uns trinta metros atrás. Era pertinho, eu conseguia ver o retorno ali rindo da nossa cara.

A Agatha berrou "AH, NÃO, NINA, VOU DE RÉ E VAI SER AGORA!"

Ela deu ré no meio da estrada, e quase achei que ia funcionar quando um taxista parou logo atrás da gente e começou a buzinar e gritar "Você não vai fazer essa barbeiragem!". Olhei pra Agatha, ela olhou pra mim e começou a buzinar e a gritar de volta. Quando virei pra trás, vi que estávamos ao lado de um posto policial e que o policial já tinha visto a zona estabelecida e corria em nossa direção. Esqueci de mencionar que talvez a carteira de motorista da

Agatha estivesse suspensa, não sabíamos bem. Preste atenção na cena que vou descrever abaixo e veja se não podíamos ter sido presas:

Policial (berrando): "O QUE VOCÊS ESTÃO FAZENDO COM ESSE CARRO?!?!"

Eu (chorando): "Por favor, Seu Policial, a gente tá perdida e imaginou que talvez pudéssemos pegar esse retorno dando ré."

Policial (berrando): "DANDO RÉ NO MEIO DA ESTRADA?!?!?!"

Eu (chorando): "Por favor, Seu Policial, eu tô assustada, não grita comigo, você tá cuspindo sem querer na minha cara..."

Policial (berrando): "EU VOU ACABAR COM VO..."

Nesse momento ele foi interrompido pela morte.

Sim, pela morte.

Ou quase morte.

Uma moto simplesmente atropelou o policial bem na frente dos meus olhos, bem do lado da minha janela, bem na minha cara! Quando dei por mim, o policial estava no chão atropelado/caído/humilhado ao lado do nosso carro, o motoqueiro estava em cima dele tentando desligar a moto e a Agatha estava com as mãos na boca, branca, congelada.

Eu olhei pra ela.

Ela olhou pra mim.

Eu olhei pro táxi atrás da gente que foi o responsável pela moto ter batido no policial.

Eu olhei pro policial.

Eu olhei pra Agatha de volta.

"Ele morreu?!", ela me perguntou.

Foi quando o policial levantou, fixou os olhos na gente e, possuído pelo ritmo ragatanga, gritou enquanto vinha na nossa direção:

"EU FALEEEEI QUE EU IA ACABAAAAR COM VO..."

"CORREEEEEEE!!!!!", gritei pra Agatha desesperada.

Acho que eu estou assistindo muito a Prison Break, não sei o que me deu, mas a minha melhor ideia naquele momento foi fugir da polícia.

E ela correu.

E continuou correndo.

E berrando.

E aí ela parou de berrar.

E aí eu comecei a escrever em você.

E agora estamos aqui chegando em Santos.

A Agatha ficou tão desesperada e apavorada que gritava me perguntando se eu estava ouvindo as sirenes da perseguição, se eu estava ouvindo o barulho do helicóptero, e pra eu não ligar pra ninguém porque nossos celulares poderiam estar grampeados pelo FBI. Acho que ela também tá assistindo a Prison Break demais.

Não rolou nenhuma perseguição, e sendo realista acho que nem vai rolar.

Agora, que o choque tá passando, a Agatha tá voltando a falar normalmente.

Acho que dessa vez escapamos da prisão.

Por pouco.

Beijos fora da lei,
Nina

Olá, Caderno!

Se a Agatha não quiser, eu quero casar com o Guilherme Pudim.

Juro.

Eu me candidato no lugar dela!

Eu nunca vi uma casa tão absolutamente cinematográfica em toda a minha vida.

Eu achei que lugares como esse nem existiam.

A mansão fica no Morro Santa Terezinha e, por mim, fico aqui pelo resto da minha vida, esqueço carreira, sonhos e viro dona de casa tranquilo.

Ok, tô exagerando.

É que fiquei abalada com o estúdio que eles têm aqui. Foi logo a primeira coisa que vimos antes de entrar na casa ao lado da piscina. É do irmão mais novo do Guilherme, que toca bateria. Descobri fofocando com o segurança. Melhor eu nem conhecer esse irmão mais novo, senão o meu foco passa num piscar de olhos do Paulo, o Ignorador, pro irmão baterista milionário de sobrenome Pudim. Mas infelizmente isso nem tem como acontecer, porque ele está morando em Los Angeles.

Partiu Los Angeles?!

Brincadeirinha.

A mansão da família Pudim é de vidro, impecavelmente decorada em branco e madeira, e o melhor de tudo, não tem ninguém aqui além dos empregados. Então a casa é nossa. Já conectei meu celular no sistema de som, fiz amizade com a Maria superquerida, que trabalha na cozinha, pedi a chave do estúdio pro segurança e conheci o William.

William, Caderno, é simplesmente o barman particular da casa.

Prevejo Agatha bêbada dançando em cima da mesa da sala.

Enquanto minha irmã com a boca de Kylie Jenner foi fazer uma compressa de gelo na cozinha pra ver se diminui o inchaço, eu vim até o estúdio e é aqui mesmo que estou no momento. Do meu lado direito, temos o violão dos meus sonhos: um Taylor. Coisa mais linda do mundo. Parece que tem meu nome escrito nele. E do meu lado esquerdo, temos a bateria chiquetosa do dono do estúdio, ao lado de várias guitarras, entre elas uma Telecaster que eu sempre quis e nunca tive dinheiro.

Logo que entrei no estúdio, meu celular apitou.
Mensagem.
Do.
Paulo.
SIM!

Mensagem do Paulo: "Saudade, sumida."

Minha mensagem: "Não sumi, meu amor! Estou bem aqui na mesma cidade que você te perseguindo e você nem sabe! Essa sou eu, assim, cheia de surpresas. Cuidado ao atravessar a rua. Beijos."

Óbvio que não falei isso, respondi com uma carinha " (:".

Mensagem do Paulo: "Tá fazendo o quê?"

Minha mensagem: "Entediada em uma furada que me meti com a minha irmã. Ela vai gravar um curta numa cidade de praia e eu vim junto pra reunião."

Gostou da mentira?

Mensagem do Paulo: "Hahaha, que cidade?"

Minha mensagem: "Santos..."

Mensagem do Paulo: "Tá brincando? Eu também tô em Santos! Fazemos show aqui amanhã!"

Minha mensagem: "Tá falando sério?! Deve ser o mesmo festival que querem levar a gente. Eu não acredito nessa coincidência!"

Não acredito mesmo, até porque ela não existe. Hehe.

Eu criei a coincidência, meu bem. Esse plano não poderia estar indo melhor, sério.

Beijos,
Nina

PS: Aconteceu uma coisa estranha desde que chegamos aqui em Santos. O cara do posto de gasolina e a Maria, que trabalha na cozinha do Pudim, reconheceram a Agatha. Os dois falaram "Ahhh, eu conheço você da televisão" e ela ficou toda toda. Mas a novela mexi-

cana que ela fez reprisou ano passado aqui no Brasil...
Já faz um tempo.

"Eu tenho uma beleza diferente, Nina, uma fisionomia marcante. Sempre me reconhecem." Foi o argumento de Agatha.

Ok.

Não vou discutir.

Olá, Caderno!

Pode reservar a data do casamento, porque vai rolar!

Faz dois dias que não escrevo e dois dias que pareceram uma semana, então se segura que isso vai ser bom.

Passamos o dia na casa do Pudim fazendo atividades variadas:

Jogando videogame, tentando desinchar a boca da Agatha com gelo (sem sucesso), tocando violão no estúdio, cozinhando com a Maria, tentando convencer o Wiliam a me dar bebida com o argumento de que os 17 anos são os novos 18 (também sem sucesso), fazendo concurso de cuspe a distância na piscina infinita da casa, nadando pelada, nadando com roupa, pulando na cama, tentando fazer o segurança jogar videogame comigo (sem sucesso). Várias coisas incríveis que você só pode fazer quando é milionário.

EU AMO SER MILIONÁRIA.

Me acostumaria fácil.

Depois desse dia de lazer no qual troquei várias mensagens com o Paulo a respeito dessa coincidência incrível que era estarmos no mesmo lugar, decidi que o chamaria pra sair.

Sim, porque sou uma mulher independente, livre e bem resolvida.

Chamei ele pra sair e olha só: continuo viva, com os dois braços, com a minha dignidade e com uma resposta positiva dele. Acabou que ele amou a minha iniciativa e disse que queria levar a banda inteira porque todos me amam desde a minha festa. Perfeito, eu sempre me dou melhor em saídas em grupo do que em encontros, e assim a Agatha tem companhia. Meu plano era apresentá-la pro Loiro (que é moreno) pra ver se ela esquece de uma vez por todas do México.

Mas eu sabia que não ia funcionar.

E não funcionou.

A Agatha ligou pra uma amiga de Santos pra perguntar um lugar legal pra levarmos os meninos e ela sugeriu o Australiano (um bar), e eu achei ótimo, superapropriado pra ocasião. Avisei aos meninos, fiquei cerca de duas horas me arrumando e escolhendo algum dos looks da mala de trinta dias que eu trouxe pra passar dois dias, esperei pacientemente a Agatha chorar e reclamar por conta do ácido na boca, e saímos.

Quando cheguei no bar e vi o Paulo de longe, distraído, bebendo uma cerveja e rindo com os amigos, vestido de camiseta preta com calça skinny e jaqueta preta, cabelo meio comprido preso, eu pensei:

Ele é tudo que eu pedi a Deus.

Meu coração disparou.

A Agatha falou pra eu me controlar.

Respiramos fundo e fomos até eles.

Realmente esses meninos me amam. A banda fez a maior festa do mundo quando me viu, sempre acho que faço sucesso, mas dessa vez eu não sabia que de fato eu fazia muito sucesso com aquele grupo de meninos em particular.

Ponto pra Nina.

Apresentei a Agatha aos meninos e ao Loiro (que é moreno) e deu pra ver o brilho nos olhos dele quando olhou pra ela. Tadinho. Mal sabe que não vai passar de uma amizade e olhe lá. Minha irmã exerce um efeito meio hipnótico nos homens. Não é só o lance de ter 21 anos (quase 22), é que ela é linda mesmo. E sabe disso. Ela sacou tudo, viu que ia fazer sucesso com a banda e começou a fazer o que eu chamo de "Show da Agatha", onde ela fala sem parar, começa a perguntar sobre a vida de todos os presentes, fala sobre o signo Maya de cada um, sobre Física Quântica, sobre política, sobre ser famosa no México, e quando dei por mim, ela já tinha afastado todos os meninos e eu estava sozinha com o Paulo.

Ele me olhou, meio tímido (tem que estar tímido mesmo depois da sequência de desculpas que deu pra não poder me ver) e me abraçou.

"Saudade, lindinha... Tô muito feliz que você tá aqui."

Tirou um fio de cabelo do meu rosto e me beijou da maneira mais linda possível.

AIIIII, OKKKK, EU TE DESCULPO POR TUDO E EU ACEITO!

ACEITO ME CASAR!

Depois dessa cena lindíssima de amor, os acontecimentos se desenrolaram da seguinte maneira:

Nós comemos todas as porções disponíveis no bar.

Nós bebemos.

Nós ficamos ligeiramente bêbados.

Nós cogitamos não ter dinheiro pra pagar a conta.

Nós brincamos de detetive na mesa do bar.

Nós brincamos de "Qual é a música" a pedido da Agatha.

Nós ficamos muito bêbados.

Nós tivemos certeza que não teríamos dinheiro pra pagar a conta.

Nós escutamos a Agatha chorar falando do Miguel.

Nós vimos a Agatha ser reconhecida de novo da televisão (estranho).

Nós colocamos tudo na conta do Guilherme Pudim.

Nós resolvemos ir à praia.

E entrar no mar.

De roupa.

Nós cantamos uma música da Taylor Swift bem alto na praia.

Nós quase fomos assaltados.

Nós chegamos na casa do Pudim não me lembro como.

Fim!

No dia seguinte, ele me ligou de manhã pra me convidar pra ir junto com eles na van que levaria a banda ao show. Claro que eu topei, contra a vontade da minha irmã que queria ir no carro de milionário do Pudim.

Ah, e quando a gente menos esperava, Guilherme Pudim chegou de viagem. Minhas roupas estavam espalhadas no quarto inteiro, todos os empregados da casa já nos amavam e trabalhavam pra nós duas, sem falar que o som estava ligado no último volume com a minha playlist chamada "Sacudindo o esqueleto". Então posso dizer que Pudim levou um pequeno susto com a nossa folga.

Eu não diria folga.

Diria apenas que nós sabemos como nos sentir em casa em qualquer situação.

Pudim nem ligou, na verdade, deu risada, falou que ficou feliz que a gente topou finalmente passar um fim de semana aqui e chamou a Agatha pra conversar. Eu ouvi um pouco atrás da porta ela falando "Não, não tem essa, você é meu amigo agora... Miguel e eu estamos nos acertando dessa vez."

Gente. Ela ama mesmo esse Miguel.

Surpreendentemente, me arrumei bem rápido. Coloquei a roupa mais legal que eu consegui e que dizia, "Oi, queridas, podem tirar seus respectivos cavalinhos da chuva, porque eu estou namorando com o vocalista da banda, beijocas com amor".

Quem será que inventou a expressão "Tirar o cavalinho da chuva"?

E o que será que significa?

DESCOBRI, acabei de procurar no Google.

Vou copiar aqui porque achei legalzinho:

> "No século XIX, o cavalo era o meio de transporte mais comum. E um meio que possibilitava saber quanto tempo uma visita pretendia ficar em sua casa. Quando o visitante chegava e amarrava o cavalo na frente da casa, significava que a visita seria breve. Se levasse o cavalo para algum local resguardado, isso significava que a visita demoraria.
>
> "Guardar o cavalo (no estábulo) sem a autorização do dono da casa era falta de educação grave, por isso as visitas deixavam o cavalo na parte da frente da casa. Quando

o anfitrião estava contente com a presença do visitante, ele lhe dizia para 'tirar o cavalo da chuva' e colocá-lo num lugar mais protegido. Com o tempo, a expressão ganhou um sentido mais amplo, e significa desistir de um propósito qualquer."

Ou seja, voltando ao assunto...

TIREM SEUS CAVALINHOS DA CHUVA, porque o Paulo é meu. E era exatamente isso que dizia a roupa preta e o batom vermelho que eu escolhi.

Look impecável.

A Agatha me disse que iria com o Guilherme pro show (resolvi não fazer perguntas a respeito), então sentei nos degraus da porta da frente da mansão pra esperar a van da banda, pensando "Será que eu vou namorar esse menino?"

Acho que existe uma grande possibilidade...

O show foi incrível.

Confesso que fiquei me imaginando em cima do palco também.

Eles são realmente bons, só precisam de um nome melhor: "Cães pós-apocalípticos" não é exatamente o que eu considero um bom nome de banda.

Maaaas...

TUDO foi incrível na verdade.

O Paulo me trata tão bem, sei lá, me sinto à vontade com ele, eu me divirto, o nosso beijo é bom, só que, não sei... Parece que mesmo com tudo certo falta alguma coisa.

Talvez eu esteja procurando problema onde não tem, eu sei, sempre faço isso.

Eu queria ele, agora eu tenho, a gente se dá bem e ele é total meu estilo. Isso deveria bastar, não?

Bom, depois do show decidimos ir todos pra mansão do Pudim fazer uma minifesta (bem mini porque meio que só tinha a gente e umas amigas/groupies do Loiro, já que ele percebeu que não ia rolar nada com a minha irmã). Aliás, a Agatha me jura que não aconteceu nada entre o Guilherme e ela... HUM. Acho que nunca vou saber. Mas ela ficou horas no telefone com o Miguel no meio da minifesta, então acho que pode ser verdade.

Depois disso todos foram embora, e o Paulo acabou dormindo lá comigo.

Mas só dormindo, tipo deitar e literalmente dormir. Sou muito lerda pra essas coisas de sexo, acho que só consigo fazer namorando, superapaixonada. Não senti que era o momento. Não senti nem vontade, sabe?

Queria ser mais solta com isso.

Agora acabamos de chegar em casa e o Biel não está e não atende o celular. Normal.

Ah, o Paulo tá me ligando no FaceTime! Vou atender.

Pensando bem, esqueça todas as minhas dúvidas, tenho certeza de que a gente vai namorar.

Beijos,
Nina

Olá, Caderno!

VOCÊ NÃO SABE.

Descobri que as pessoas que reconheceram a Agatha da televisão, na viagem pra Santos, na verdade a confundiram com a Mulher Pipoquinha, que foi vice-campeã semana passada daquele reality show *A Fazenda*, por conta da boca cheia de preenchimento.

Não posso nem sonhar em contar isso pra minha irmã, ela tá tão feliz falando pro Miguel do sucesso que a novela mexicana dela fez no Brasil...

Beijos,
Nina

Olá, Caderno!

Me segura porque agora, sim, serei presa por assassinato.

O Cadu está arrasado.

Mesmo.

Ele apareceu aqui em casa sem avisar com a maior cara de cachorro abandonado do mundo, eu estranhei porque a gente não se falava há dias. Eu abracei meu melhor amigo bem forte. Ele disse que depois do acampamento com a Lola tinha certeza de que ela era a garota certa pra ele, que realmente queria que virasse um namoro, que nunca tinha se divertido assim com alguém (nessa hora eu mandei retirar o que disse porque ele sempre se diverte comigo, daí ele retirou e continuamos a conversa). Quando voltaram do acampamento, ele planejou levar Lola pra conhecer os pais dele na quinta-feira da pizza e depois a pediria em namoro (nossa, não consigo imaginar o Cadu pedindo alguém em namoro, que ato mais antiquado pra ele que é tão moderno, mas enfim...). Ele disse que os pais (o Teodoro e o Joaquim) ficaram superanimados, resolveram eles mesmos fazer a pizza pra ocasião, com os ingredientes que ela gostava, porque a Lola é vegana.

Tinha de ser, né?

Passaram a tarde comprando e preparando e esperando pelos dois. Quando eles chegaram no apartamento, o Cadu disse que percebeu uma reação muito estranha da Lola sobre os pais dele serem gays. Mas, claro, ela não falou nada, foi educada, mas ele sentiu que a garota não parecia confortável com isso. Então decidiu adiar o pedido de namoro.

EU MATO ESSA VACA CHATA E PRECONCEITUOSA! Ela finge que é alternativa, mas tem a mente mais fechada que minha vó! Que, aliás, não tem a mente nem um pouco fechada.

Minha vó Olinda tem um namorado 10 anos mais novo e os dois estão morando em Bali junto com um amigo gay e um coelho chamado Ryan.

No dia seguinte, a QUERIDA Lola não ligou pro Cadu. Não mandou mensagem. Desapareceu. E no outro dia depois do dia seguinte, também não. Ele achou muito estranho e quando perguntou se estava tudo bem, ela disse que sim, que só estava cansada do trabalho e preferia dormir mais.

CANSADA DO TRABALHO?!?!?!!?

DORMIR MAIS?!?!!?!?!?

Enquanto eu via o Cadu me contando a história com aquela carinha tão triste, eu só conseguia imaginar o Teodoro e o Joaquim preparando tudo com o maior carinho e dedicação pra deixar essa PALHAÇA feliz. Eles dois são realmente as melhores pessoas que eu já conheci, é como se fossem da minha família. Quantas vezes o Joaquim me levou pro hospital por conta da minha crise de gastrite, e quantas noites, na pior fase da minha vida, o Teodoro ficou me ouvindo chorar por conta do Edu, quando eu matava aula pra ir na casa deles, enquanto o Cadu fazia nossos trabalhos da escola. Eu não consigo nem te explicar o carinho que eles têm comigo. Não foi nada fácil e não é fácil até hoje morar sem pais...

Eu tento me fazer de forte e crescida porque não quero que eles fiquem tristes por nossa causa. Meu pai gosta de viajar, minha mãe gosta de morar no interior. Mas, às vezes, é mais forte do que eu. E em todas essas vezes foram os pais do Cadu que me ajudaram, me acolheram e me fizeram sentir parte da família.

Me dói pensar em alguém destratando os dois só por conta da orientação sexual deles.

Eu nunca nem tinha pensado sobre isso.

Nunca nem foi uma questão na minha cabeça.

Eles se amam e eu amo eles.

O Cadu disse que não sabe o que pensar, que não pode ser por conta disso, porque ela é uma menina moderna, filha de pai ator, viaja o mundo. Não é possível ela ter preconceito com o fato dos pais dele serem gays.

Como diria minha maravilhosa vó Olinda:

"Nunca duvidem da estupidez humana, queridos."

Foi o que falei pra ele. Quantas meninas de cabelo azul, piercing e alpargata australiana, parecendo as cabeças mais abertas do mundo, eu vi dando like em matérias de político reacionário no Facebook. É difícil de acreditar e de entender, mas infelizmente eu não acho impossível a Lola ter se assustado com isso.

As pessoas são estranhas e incoerentes.

Sabe o que Lola ganhou?

UMA ENTRADA VIP SEM SAÍDA PRA MINHA LISTA NEGRA!

E esse é o último lugar em que ela gostaria de estar.

Depois disso, decidi que minha missão ia ser distrair o Cadu dessa bad em que ele se encontra, então desliguei meu celular (pro Paulo não mudar o meu foco) e iniciei a maratona de ajuda ao melhor amigo com o coração partido. Fiz brigadeiro branco de uva, começamos a assistir a *Lost* de novo desde o início, deixei ele fumar maconha com o Biel, cantei minhas músicas novas no violão pra ele, procuramos as cenas dubladas da Agatha na novela mexicana pra rir um pouco. Ou seja: entretenimento garantido ou seu dinheiro de volta!

Tirando a parte do dinheiro, porque ele não me pagou.

Agora ele está aqui capotado na minha cama e eu vou dormir no sofá... o Cadu é extremamente espaçoso.

Beijos,
Nina

Olá, Caderno!

Eu amo a Emma Deusa Watson desde *Harry Potter*.

Hoje cheguei da escola exausta de não entender nada na aula dupla de Química e fui, como de costume, fazer nada na internet. E aí eu achei um vídeo (acho que antigo) da Emma Watson fazendo um discurso sobre feminismo na ONU que me fez pensar muito.

É que eu sinto que já tenho isso dentro de mim mesma antes de alguém me explicar qual a definição de feminismo, entende?

Depois passei o resto da tarde vendo vídeos no YouTube e quando cheguei em um com o título *Não tira o batom vermelho*, eu gelei.

Sempre soube que o meu relacionamento com o Edu era estranho e pouco saudável, mas nunca imaginei que fosse abusivo. Eu me identificava com quase todas as características de um relacionamento abusivo que a youtuber citava, e quer saber o pior? Eu nunca nem me toquei que aquilo era tão grave. Ele falava e me influenciava e deixava subentendido, então realmente não parecia nada grave. Eu sabia que não me sentia bem trocando de batom antes de sair pra balada só porque ele não gostava ou deixando de postar uma foto que mostrasse minha barriga porque ele não queria que outros caras vissem minha barriga (tipo, oi?), não dava pra achar que tudo bem homem trair porque ele falava que todo homem traía em algum momento e eu tinha que me acostumar, ou achar que eu era burra, e ele, o ser mais inteligente que habitava o planeta Terra, e a cogitar que ele me fazia um favor gostando de mim, que eu não era grande coisa pra ele.

Eu achava tudo isso ruim, mas pensava que era normal. Que eu tinha que aceitar.

E, na real, eu não tinha e não tenho que aceitar.

Ninguém tem que aceitar namorar uma pessoa que faz você se sentir mal com você mesma ou a proíba de fazer o que você quer fazer.

Aí, eu comecei a entender mais e pesquisar mais sobre feminismo, e quer saber?

É muito mais fácil e simples do que parece e está presente no nosso dia a dia.

É muito mais fácil e simples do que a Agatha não querer raspar o sovaco e fazer disso um espetáculo aqui em casa e uma semana depois esquecer o assunto.

Uma causa feminista é você fazer o que quiser com seu corpo. Mas não é só isso.

Uma causa feminista também é a vontade e a luta pelos direitos iguais entre homens e mulheres.

Eu tenho essa vontade, eu aplico isso na minha vida.

Então eu meio que sou feminista, certo?

ERRADO, porque só agora eu me toquei de tantas coisas que aconteceram comigo e que não quero que aconteçam mais. Eu tenho que policiar a minha cabeça e os meus pensamentos.

Querendo ou não, crescemos em uma sociedade machista, então esses pensamentos já estão na nossa cabeça desde sempre...

Preciso aprender a mudar algumas coisas...

Nossa, que difícil é crescer.

Acho que é por isso que falam que ser ignorante é uma bênção. Quanto mais eu pesquiso sobre o mundo e sobre as pessoas, com mais coisas eu tenho que me preocupar e mais burra eu me sinto.

Não, ignorância não é uma bênção!

Bom, vou mostrar todos esses vídeos pra Agatha.

Beijos,
Nina

Olá, Caderno!

Acho que é hora de escrever sobre a minha mãe.

Não sei bem o que falar dela na verdade.

Eu amo minha mãe, mas nossa relação ficou bem estranha depois da separação dos meus pais... Foi ela quem quis se separar. Não nos disse o motivo na época, mas hoje eu sei que foi porque ela conheceu alguém.

Meu pai sofreu muito.

Eu sofri muito de ver meu pai sofrer muito.

Mas ele preferiu sair de casa, mudar pra um loft em Vila Madalena e deixar a gente com ela. Quer dizer, a gente não, a Agatha mudou pro México pra fugir da situação, então eu e Biel ficamos com a minha mãe em casa.

Nesse período, eu vi minha mãe chorando, tomando remédios, falando no telefone com o namorado sobre meu pai (coisas não muito legais sobre meu pai, aliás), tentando fazer eu me sentir melhor, tentando ser minha amiga, tentando encontrar a alma gêmea dela de novo, tentando fazer as pazes com meu pai, tentando convencer a Agatha a voltar pro Brasil e não abandonar o Ensino Médio, tentando educar a mim e a meu irmão, tentando nos convencer de que a gente importava mais que o namoro dela.

Minha mãe meio que virou uma adolescente.

Em vários momentos, eu me sentia mais madura que ela.

Isso é estranho.

O Biel sempre foi extremamente apegado a ela, bem mais que eu. Sei que ele não vê a situação da mesma maneira, mas esse é um assunto que nunca conversamos abertamente, e nem sei se vamos.

Depois de um ano da separação, minha mãe engravidou da Valentina, filha do meu padrasto, o Roberto.

Sim, ela engravidou.

Eu me sentia naquele programa da MTV *Teen Mom, mãe adolescente*, foi bem horrível. Não leve a mal, não quero parecer o ser humano medonho que sei que estou parecendo ao escrever tudo isso sobre a minha família. Mas eu mal conhecia o meu padrasto na época (não que eu o conheça muito agora também) e foi um choque pra todos nós ter uma irmã tão mais nova, com o nosso pai ainda tentando superar o divórcio, e a minha irmã mais velha foragida no México e a minha mãe na fase "adolescente aos 40".

Mas, hoje eu amo muito a minha irmãzinha.

Aliás, nunca deixei de amar mesmo com a raiva que tinha da situação toda.

A Valentina nasceu e ficou no quarto que era da Agatha (e que agora é de novo). Nessa época, eu passava muito tempo na casa do Cadu com os pais dele, que me ajudaram muito. Acho que eu queria fugir daquele ambiente que girava em torno da bebê que não era do meu pai, era estranho demais, recente demais.

O Biel era extremamente grudado na Valentina. Desde que ela nasceu. No hospital, foi o primeiro a pegar a bebê no colo. O primeiro a fazer ela rir. E a primeira palavra dela foi Biel. Ou Bel.

Mas como a gente não conhecia ninguém chamada Bel, inventamos que foi Biel e essa virou a história oficial da primeira palavra da baby Val.

Baby Val e eu tivemos nossos momentos de felicidade, ela me conquistou com aquela risadinha de neném e baba de papinha. Eu sentia que cada vez que eu ficava mais próxima dela, eu ficava mais distante da minha mãe. Não sei explicar. Não faz muito sentido. É como se minha mãe fosse a culpada por ter uma filha de outro cara, fazer meu pai sofrer, fazer meu irmão gêmeo ter outra irmã pra amar. Tudo ficou estranho.

Meu pai viveu um buraco de depressão profundo quase que sozinho e ir pra casa dele quase me deixava em depressão também.

A Agatha se afastou completamente de nós. Não ligava mais, só mandava e-mails com fotos dela e do Miguel em Cancún mostrando que estava viva.

Foi aí que eu conheci o Edu, meu ex-namorado.

Eu estava mal e odiava a vida e o mundo e ele vivia mal odiando a vida e o mundo.

Uma dupla perfeita!

Eu me fechei nesse namoro estranho durante um ano.

Foi, então, que minha mãe decidiu que se mudaria com a família feliz pro interior, e posso dizer com orgulho (ou não) que eu a venci pelo cansaço.

E pelo choro.

Nunca chorei tanto como naquelas semanas, chorei com vontade, com dedicação, como se eu tivesse 7 anos. Ah, e eu usava também várias frases de efeito bem clichês adolescentes (tem um CD com esse nome, não tem?, não me lembro), tais como:

"Eu te odeio, mãe!"

"Você vai acabar com a minha vida, mãe!"

"Você está acabando com a minha vida, mãe!"

"Você está acabando com o meu namoro, mãe!"

"Você só pode me odiar, o que eu fiz pra merecer isso, mãe?!"

"Você não é minha mãe! Você é uma alien enviada de outro planeta pra acabar comigo, mãe!"

"Você está acabando com a minha carreira musical que nem começou, mãe!"

"Eu só mudo de São Paulo arrastada! Você vai ter que me arrastar! E eu sou difícil de ser arrastada!"

"Me coloca pra adoção, mãe!"

"Eu vou sequestrar a Valentina se você me obrigar a mudar! TENTE!"

(Essa última, admito que talvez eu tenha pegado pesado demais, ameaçando sequestrar uma bebê.)

MAS FUNCIONOU.

Mesmo sendo #TeamMamãe, o Biel não queria deixar São Paulo e mudar pro interior, então ele também foi bem útil na minha campanha superadulta, madura e equilibrada de torturar a minha mãe.

Deu certo, ficamos em São Paulo no nosso apartamento e meu pai voltou a morar com a gente.

Claro que foi horrível, o apartamento era cheio de lembranças dele e da minha mãe, de quando éramos uma família legal e unida. Ele aguentou menos de um ano até decidir que viajaria pela América do Sul de moto.

A Agatha já estava com a passagem comprada pra voltar pro Brasil, acho que ela se sentiu pressionada a cuidar da gente na época. E se sente até hoje.

Meu namoro estranho com o Edu acabou.

E tudo meio que começou a ser como é hoje... Acho que com o tempo as coisas vão se ajeitando e a gente se acostuma.

Comecei falando sobre a minha mãe e acabei fazendo uma retrospectiva da minha vida.

Eu amo minha mãe, amo mesmo.

Mas, às vezes, queria poder falar tudo isso pra ela.

Bom, vou dormir.

Beijos,
Nina

Olá, Caderno!

PAULO SUMIU, parte 2.

Qual o problema desse garoto?

Setenta e duas horas sem aparecer, devo chamar a polícia?

Fui investigar no meu fake.

Sim, eu tenho um fake.

É um fake no Instagram que consiste em perseguir meus paqueras.

O nome é @fashionpink38, a foto do avatar é a Selena Gomez e só tem duas fotos postadas: uma da Michelle Obama e outra do Nemo (o peixe).

Pra confundir mesmo a galera.

Eu sou um gênio, ninguém desconfia de mim.

Bom, nesse fake eu sigo só uma pessoa, o meu paquera do momento. E aí consigo tipo entrar na mente dele, porque vejo todas as fotos que ele curte, posta ou comenta e TODAS as pessoas que ele segue.

Alguns podem chamar de psicopatia, eu chamo de inteligência.

Graças a essa minha tática, consegui descobrir que o Paulo, nessas horas sumido da minha vida, curtiu a foto de duas meninas de sutiã que *eu* conheço, a foto de um pinguim solitário, a paisagem que o tio dele postou com uma letra do Lulu Santos e por último: SEGUIU A EX-NAMORADA DE NOVO.

Sim, a Jéssica, a ex-namorada emo que só posta frases tristes e fotos tristes agora está postando uma frase feliz. FELIZ. F E L I Z. E seguiu ele de volta.

Já era.

Quer dizer, não era.
Não vou deixar essa palhaçada acontecer.
Ainda não tenho um plano, mas em breve terei.
Me aguarde.
Contei pro Cadu e ele acha que os dois estão se encontrando mesmo...
E o Cadu sempre está certo.
Aliás, ele tá bem melhor depois do caso LOLA (a chata preconceituosa que eu amo odiar). Tadinho, ele tinha ficado muito mal. Parece que nem estão se falando mais, que ele pegou até raivinha dela e de toda a situação. Tomara, mesmo.
Agora preciso ir que a Agatha prendeu o dedo na porta do carro e a unha ficou roxa, meio nojenta, e caiu e ela tá berrando meu nome.

Beijos,
Nina

Olá, Caderno!

Comprei um cáctus!
E é um cáctus lindo.
Dei até um nome pra ele e é Heitor.
Eu vou amar o Heitor pra sempre, porque a vendedora me disse que os cáctus vivem muito e precisam de muito amor.
SOU ÓTIMA EM DAR AMOR A PLANTINHAS!

Beijos,
Nina

Olá, Caderno!

Hoje vi um comentário do Cadu em um vídeo novo que postei no meu canal privado do YouTube. E o lindo comentário dizia:

"Para de se esconder!"

Ele não desiste...

A chance de eu tornar esse canal público e mostrar pra alguém é zero.

Zero.

Morro de vergonha da galera da minha escola. E meu pesadelo é as pessoas acharem que quero ser famosa.

Não quero ser famosa, quero ter uma CARREIRA. É diferente.

Minha intenção com esse canal, na verdade, é só ter material pra mostrar a empresários e presidentes de gravadoras mais pra frente... Ter um lugar pra registrar minhas músicas.

É isso.

Acho que vou até mudar a senha pro Cadu não ver mais.

Nina

Olá, Caderno!

O mundo vai acabar.

ANA PAULA DO MEU INGLÊS VAI LANÇAR UM LIVRO.

Sim, um livro.

Não, ela não sabe escrever.

Parece que ela foi convidada por uma editora a publicar um livro por conta do blog/Instagram/seguidores dela, só que não é ela quem vai escrever. Apenas colocará o nome e algum escritor vai escrever fingindo ser ela. O nome dessa profissão é *ghost writer* (escritor fantasma).

Coitado do *ghost writer* que vai escrever o livro da Ana Paula.

Coitadas das adolescentes que vão ler pensando que ela realmente faz alguma coisa da vida e sentou a bunda na cadeira pra escrever o livro.

Coitado do mundo.

Coitada de mim, que tenho que viver nesse mundo.

Quando perguntei a ela se não se sentia mal por enganar milhares de adolescentes que achavam que ela escreveria o próprio livro, Ana Paula do meu Inglês respondeu:

"Que drama, Nina. Você cola em todas as provas e quer discutir honestidade comigo? Eu não sei escrever, quero lançar um livro, alguém escreve pra mim, eu falo que fui eu. Não vejo nada de mau nisso."

É, REALMENTE, então o mal deve ser eu mesma nessa história.

Saí de perto porque já tive problemas de agressão física com Ana Paula e porque vi o olhar do Cadu me reprovando.

Ele odeia brigas.

E eu tenho uma tendência a amar brigas.

O livro vai se chamar *Ana Paula, minha caminhada até aqui.*

NÃO É PIADA, é o título mesmo!

Agora eu me pergunto: Que caminhada é essa, meu Jesus?

Só se for a caminhada dela da sala de aula até a cantina. Ela tem 18 anos, é blogueira faz um ano e meio, sei lá. Qual pode ser a jornada incrível de Ana Paula pela vida?

Essas e outras questões você entenderá somente lendo a sensacional obra literária, e confesso que eu vou ser a primeira a comprar e fazer uma sessão de leitura bêbada com o Cadu, vai ser irado.

Mudando de assunto, a Agatha está tão bem ultimamente que estou até estranhando essa paz. Acho que ela e o Miguel se acertaram de vez, se acostumaram com a dinâmica do namoro a distância, sabe? Ela inclusive parou de tomar tanto remédio. Deve ser o amadurecimento finalmente chegando.

Falando nisso, em alguns dias ela faz 22 anos.

Que velha.

Beijos,
Nina

PS: Biel foi pro interior visitar a minha mãe e a baby Val. Ele perguntou se eu queria ir junto, eu não quis. Não me julgue! Consigo sentir suas páginas de conhecimento sobre mim me julgando. Mas não é nada demais, só não me deu vontade dessa vez.

Olá, Caderno!

Duas palavras: FESTIVAL ACADÊMICO.
O nome é chato, mas o conceito é legal.

É o festival de talentos do meu colégio, que rola todo ano e que eu ganho todo ano, ou seja, ele deveria se chamar FESTIVAL DA NINA (vou sugerir isso algum dia). A sala inteira tem que fazer um espetáculo juntando o talento de todos. Eu sempre organizo a apresentação.

Acho que é a única atividade na história da minha vida naquele colégio que eu participo. As pessoas nem sabem que eu estudo na mesma sala que elas até essa semana chegar, e quando chega eu sou o pior pesadelo de todos.

Sou meio competitiva e, como a artista que sou (quero ser), não aceito perder esse tipo de coisa. Então, entrevisto todas as pessoas da minha sala pra identificar o talento (ou falta de talento) de cada um e ver como eu posso encaixá-los no meu show.

Geralmente as pessoas não têm talento, então eu tenho o trabalho exaustivo de tentar colocar a sala inteira em cima de um palco mesmo assim... Depois, com o meu suor, a sala inteira ganha uma viagem pra algum lugar do Brasil. Que eu nunca vou porque odeio viagens de escola. Eu faço só pelo orgulho de um trabalho bem-feito mesmo.

Ano passado eu dei um ataque com dois meninos que não queriam participar da minha montagem de *Wicked* (na qual eu era a Glinda e a Elphaba porque ninguém conseguia fazer... foi foda). Se alguém não participa, a classe inteira é automaticamente desclassificada. Eu fiquei tão louca de raiva quando eles falaram que o festival era "Uma merdinha pra pessoas desocupadas que querem ser artistas" que eu tive aquele apagão (aquele mesmo apagão de quando bati na Ana Paula), e quando dei por mim lá estava eu sendo suspensa por "Ameaçar de morte a família de colegas de classe". Nem sabia que tinha uma suspensão específica para este tipo de caso, mas parece que tem.

Isso tudo só pra deixar claro que faço parte da história do festival, contrato iluminadores, faço a produção, alugo salas de ensaio, faço a coreografia, dou o meu sangue por um lance que nem nota vale e por uma viagem que a sala inteira vai, menos eu.

Mas este ano minhas preces foram ouvidas.

Sim.

ESTE ANO O FESTIVAL É INDIVIDUAL!

Ou seja, cada um por si, participa quem quiser e quem não quiser BEIJO e TCHAU, não me atrapalhe!

Amei a notícia.

Claro que isso vai me obrigar a sair do ramo dos musicais (pra conseguir enfiar a sala toda no elenco) e fazer um show meu, com banda, um lance menor.

Não é um show, é apenas uma música, na verdade, mas é só o que eu preciso pra vencer.

Mas, calma, muita calma, o melhor ainda não te disse.

Sabe qual é a banda convidada pra tocar e apadrinhar o festival deste ano?

CACHORROS PÓS-APOCALÍPTICOS.

Sim, a banda do Paulo!

O desgraçado que não me ligou nunca mais, sumiu e seguiu a ex!

Eles também vão ser jurados do concurso de bandas.

Preciso arrasar em proporções homéricas.

Por isso, já deixei tudo esquematizado:

Guitarra e voz – Eu

Baixo – Cadu (ele toca um pouco de baixo, não muito, mas o suficiente pra aprender uma música. Não, eu ainda não avisei que ele vai tocar, mas ele vai).

Bateria – Biel

Produtora/Rodie/Empresária/Stylist – Agatha

VAI SER PERFEITO!

Paulo me verá arrasando no palco e se arrependerá de ter nascido. Ou vai voltar correndo pros meus braços.

Ansiosa desde já.

Agora preciso convencer o Cadu e o Biel a serem minha banda. Mas acho que não vai ser difícil. Tenho um farto material de chantagem que posso usar contra esses dois pro resto da minha vida.

Beijos,
Nina

Olá, Caderno!

Consegui convencer o Biel e o Cadu!

Eles toparam ser a minha banda, e nem precisei fazer chantagem. A sorte tá muito do meu lado.

Agatha já tá pirada com as funções de empresária, produtora e stylist.

Medo.

Ela ligou pra uma empresa de instrumentos falando em espanhol e mentindo que era produtora de uma estrela do México. Não sei como, mas além de conseguir os instrumentos que a gente precisava, ainda escolheu a cor: todos brancos. Sim, brancos, porque ela falou que fazia parte da identidade visual idealizada pra apresentação.

Medo.

Também ligou pro meu colégio pedindo um camarim separado pra nossa banda (ainda sem nome), uma vez que somos os únicos com talento, mas eu consegui pegar o telefone e desligar a tempo. Não que eu não concorde com o argumento dela, né? Mas a última coisa que preciso é aumentar minha fama de "A exagerada maníaca, egocêntrica do festival".

Vou comer uma bisnaguinha com requeijão agora.

Beijos,
Nina

PS: Você não sabe o bafão! O meu cáctus Heitor morreu. Tô triste, não quero falar sobre isso. A Neide jogou na minha cara que eu não consigo nem cuidar de uma planta.

Olá, Caderno!

VOCÊ NÃO VAI ACREDITAR.
Paulo apareceu.
Me mandou mensagem falando "*Hey*, saudades."
????????

Acho que entendi tudo errado… Vai ver que ele só tava tendo um tempo pra ele, focando na banda, nada a ver comigo. Ou nem tava me dando um gelo e seguiu a ex só porque já tá mais do que superado.

Com certeza foi isso.

E eu boba surtando.

Ai, Nina… O que faremos com você e essa sua cabecinha pessimista?

Bom, não deixei a mensagem tirar o meu foco atual, que é GANHAR O FESTIVAL, porque aí, sim, Caderno, esse menino vai me amar.

Ninguém resiste a uma vencedora.

Estamos ensaiando todos os dias até a apresentação e acho que já tenho a música perfeita, a votação foi unânime. Menos a Agatha, que ama ser do contra, mas ela eu ignoro.

As roupas que ela produziu pro nosso figurino do show estão realmente incríveis, tive que respeitar dessa vez. Até os meninos amaram.

Ah, e o estúdio que conseguiu pra gente ensaiar também é incrível, é em Vila Madalena, perto de onde meu pai morava depois da separação. O menino que trabalha lá no estúdio ouviu nosso ensaio e veio falar comigo que o pai dele é executivo de uma gravadora, que se a gente quisesse gravar um vídeo da apresentação, ele poderia mandar pro pai.

IMAGINA?!

Esse, sim, é o tipo de oportunidade certa pra exibir meu canal secreto de YouTube.

Sucesso, aí vamos nós!

Que brega.

Beijos,
Nina

PS: O Biel conseguiu o gabarito da prova de Inglês de novo e dessa vez ele me passou! UHUL! A sala inteira tirou 10. Nossa professora deve estar achando que ela é algum tipo de gênio do ensino. Tadinha, tem quase a nossa idade, nem sei como conseguiu virar professora.

Olá, Caderno!

Hoje é o dia!

Tudo pronto, tudo ensaiado, Paulo mandando mensagem de boa sorte! Confesso que fiz um julgamento muito errado dele e dessa nossa situação. Na realidade, está tudo bem, sabe? A mensagem foi linda (tá, não foi linda, só tá escrito "Boa sorte" mesmo, mas sei que a intenção foi linda) e tenho certeza de que hoje ele me pede desculpas e tudo volta a ser como na nossa viagem a Santos.

Eu sou muito ansiosa, tenho consciência disso, preciso aprender a ser mais calma, mais controlada, preciso excluir meu fake também. Qualquer oportunidade já quero colocar ex-namorada no meio, já quero fazer uma conspiração contra mim, sendo que ele estava esse tempo todo apenas na dele. Vivendo a vida dele, focando na banda.

Que é o que eu deveria estar fazendo também.

Mas hoje é um dia de vitórias, vou ganhar o festival e ganhar meu guitarrista de volta.

A gente estava fazendo uma reunião da banda na sala e aconteceu um lance curioso: a Neide não trabalha hoje, é dia de folga dela, mas o interfone tocou e o Biel desceu sem falar nada. Quando eu olhei pela janela, vi a Neide na portaria conversando com ele.

Por que ela viria aqui na folga dela pra falar com o Biel?

Estranho.

Quando ele subiu e eu perguntei, ele disse que tinha esquecido a chave do armário da escola e que ela pegou por engano.

Mas não vi nada de chave.

Sempre sei quando meu irmão tá mentindo.

Conexão de gêmeos.

Agora tenho que ir porque a produtora/empresária/chata/stylist Agatha tá gritando nossos nomes, fazendo uma espécie de chamada. Como se precisasse de chamada pra três pessoas, mas, enfim, deixa ela se divertir.

Depois te conto como foi.

Me deseje boa sorte!!!

Mentira, eu não preciso.

Beijos,
Nina

Olá, Caderno!

Não sei nem o que dizer, apenas sentir.
Não quero escrever hoje.
Amanhã, se estiver melhor, eu escrevo.

Nina

Olá, Caderno!

Nunca fui pega tão desprevenida na vida.

Mas primeiro: GANHAMOS O FESTIVAL!

Não que isso tenha me impedido de chorar escondida no banheiro do colégio até a Agatha ser obrigada a me dar um tapa na cara (sim, ela me deu um tapa na cara, não sei onde ela aprendeu que funciona na vida real), e funcionou.

Bom, deixa eu voltar pro começo.

Chegamos no colégio e todas as bandas já estavam lá. Eu sabia disso e resolvi chegar elegantemente atrasada de propósito, pra quando a gente entrasse na sala todo mundo olhasse e se sentisse intimidado. Funcionou. Intimidamos.

A música já estava megadecorada e os meninos estavam mais seguros do que eu esperava, um clima bem bom. Sem falar que a gente ficava vendo as outras bandas desesperadas tentando decorar letras em inglês na hora e ensaiando no violão. Isso me deu mais segurança. Amadores...

A Ingrid e a Ana Paula do meu Inglês decidiram dançar. Apresentaram a coreografia de "Jingle Bell Rock", do filme *Meninas malvadas*. Existe coisa mais clichê?

Enfim, foi um fiasco e nem vale a pena comentar, tadinhas. Ingrid tropeçou no salto e caiu em cima da Ana Paula, meio que segurando nela. Foi bem triste, nem consegui rir.

Eu só pensava no Paulo entrando por aquela sala de aula/camarim e me vendo linda, prestes a arrasar e ganhar o festival e o coração dele. Já tinha imaginado a cena na minha cabeça, como um filme besta de comédia romântica. Tava tudo esquematizado.

Menos isto:
ELE ENTROU NA SALA
DE MÃO DADA
COM A EX
NAMORADA.
A
EX
NAMORADA.

A Jéssica emo que tá sempre triste!

Mas nesta situação em particular ela estava bem feliz, principalmente quando viu a minha cara de espanto (ou devo dizer minha cara de bosta?) diante da falta de respeito com a minha pessoa.

Como é possível?!

Ele me mandou mensagem falando que tava com saudade, mensagem me desejando boa sorte, pra agora aparecer com a ex-namorada que ele sempre falou (muito) mal a tiracolo?

Eu queria me esconder.

A Agatha, o Biel e o Cadu não sabiam o que fazer, tiveram quase a mesma reação que eu, queriam meio que me proteger daquilo, me tirar dali. Eu nem consegui dar "Oi", fui correndo pro banheiro chorar. Acho que eles me viram. Com certeza me viram.

Sei que parece um drama e que eu sou meio exagerada, mas juro que me senti mal na hora.

Me deu uma vontade de chorar que eu não sei de onde veio, e aí eu chorei.

Chorei até a Agatha me dar o tapa na cara e gritar "PARA COM ISSO AGORA!", e eu parei.

Parei e pensei: Cara, o que eu tô fazendo? Por que eu tô me sentindo assim? Estou prestes a subir num palco pra cantar uma música minha, que é o que eu mais amo fazer, com as pessoas que eu mais amo nesse mundo me ajudando e com grandes chances de ganhar. Isso é muito mais importante do que um carinha que eu nem amo. Muito mais. Eu não vou deixar nada estragar meu dia, borrar minha maquiagem. Não vou permitir esse sentimento de humilhação.

Juro que pensei tudo isso.

Legal, né?

Me senti muito equilibrada no final do pensamento.

Mas logo depois eu pensei: Eu vou esfregar na cara feia dele e dessa emo suja e nojenta que sou demais e que vou dominar o mundo e que ele deveria se ajoelhar aos meus pés e chorar por ter perdido uma garota tão sensacional e com tanto talento.

EU VOU MATAR OS DOIS, MATAR, EU VOU VOLTAR PRA SALA E COMETER UM ASSASSINATO!!!!

Aí, eu não me senti tão equilibrada.

Mas tudo bem, um passo de cada vez.

Me recompus, respirei fundo e saí do banheiro.

A minha banda (engraçado chamar meu irmão e meu melhor amigo de banda, mas ok) estava me esperando do lado de fora do banheiro. Decidi que nem ia voltar pro camarim, a gente desceu direto pro teatro. A Agatha é ótima produtora, acredita que ela conseguiu maçãs pra mim? E toalhas. Não que eu vá usar as toalhas, mas achei legal ter.

Antes de entrar no palco, assistimos às apresentações de outros alunos, e sinceramente nada de extraordinário. Meu colégio não é exatamente focado em artes. Mas teve uma menina mais nova, de uns 13 anos, que chegou sozinha com o violão e cantou uma música antiga. Aquela "Moon River" que a Audrey Hepburn canta em *Bonequinha de Luxo*. Amo essa música. Minha mãe cantava pra mim quando eu era bebê. Sei lá, não sei se eu tava triste no momento, mas me deu uma vontadinha de chorar vendo a menina cantando. Ela era linda, uma beleza incomum, parecia bem tímida também, porque cantava olhando pro violão o tempo todo. Que voz mais deliciosa. Naquele momento, eu quase desejei perder o concurso pra ela. Fiquei pensando em como a garota ficaria feliz e confiante se vencesse. Em como aquilo deveria ser uma prova de coragem, subir sozinha no palco.

Chamaram a gente logo depois.

Logo depois das palmas.

Respirei fundo de novo.

Foi muito mais fácil do que eu imaginava, sabia? Muito mais divertido também. Não fiquei nervosa nem pensando no que os outros estavam pensando. Eu simplesmente estava ali presente naquele momento, fazendo o que eu amo, passando a minha mensagem.

Acho que o fato de estar com Biel e Cadu no palco também me deixou muito mais segura. Enquanto eu cantava, olhei pro Paulo e pra namorada dele sentados juntos, e ele anotando em uma folha de papel a minha nota.

Que situação bizarra, né?

Até que eles combinam juntos.

Mais do que ele e eu.

Olhando do palco, ele parecia meio sem graça, pra falar a verdade.

Quando a música acabou eu fechei os olhos, e quando abri, a escola toda e os jurados estavam aplaudindo de pé.

DE PÉ!

Dá pra acreditar?!

Cara, eu me senti muito bem, como se eu pudesse fazer aquilo a vida toda...

Olhei pro Cadu e ele me deu uma piscadinha do tipo "minha garota", ou podia ter só algo no olho dele, porque o Cadu não sabe piscar direito com um olho só. O Biel saiu da bateria pra me dar um "pedala, Robinho" na cabeça e jogar as baquetas pras meninas apaixonadas, que gritavam "BIEEEEEEEL".

Dessa vez eu o perdoei por roubar meu momento de glória só porque eu tava feliz demais pra me importar.

Depois, as outras bandas vieram dar parabéns, inclusive a banda do Paulo.

Ele e Jéssica falaram:

"Parabéns, você *arrasou*, Nina!"

E eu respondi:

"Eu sei, queridos, se quiserem autógrafo e foto, peguem aquela fila ali, ok? Beijão."

Mentira... eu respondi "Brigada" mesmo.

Mas confesso que deu vontade de chorar de novo!

Ai, eu sou tão ridícula e confusa.

Ah, antes de ir embora fiz questão de procurar a menina que cantou "Moon River" e falar que ela é linda, extremamente talentosa e corajosa. Ela sorriu muito fofa.

Tá vendo, eu sou legal às vezes.

No fim das contas, ganhei uma humilhação pública, um concurso e uma viagem pra algum lugar do Brasil com o meu irmão e o Cadu que, com certeza, vou pedir pra trocar por dinheiro. Acho que eles trocam, não? Aviso depois se conseguir.

Vou dormir, tô exausta e com fome.

Beijos,
Nina

Olá, Caderno!

Quer saber?
Acabou homem pra mim.
ACABOU!
Fiquei hoje me lembrando da cena patética da semana: eu no banheiro chorando pelo Paulo antes do show.
PELAMOR, né?
Não sei por que eu sempre acho que preciso de alguém pra minha vida acontecer, pra minha vida ter brilho, pra eu compor, pra eu sentir alguma coisa.
QUE HORROR, SABE?
Não quero ser esse tipo de garota!
Não sei nem por que eu tenho essa obsessão pelo amor.
Deve ser a Disney! A culpa com certeza é da Disney.
Vou exemplificar:

Ariel (*A pequena sereia*)
Além de ser uma rebelde sem causa, porque é milionária, princesa, mimada e pode fazer o que quiser, Ariel não aceita quem ela é. E diga-se de passagem que ela é uma sereia, ou seja, um sonho. Não aceita, tanto que decide ir contra a família, contra os amigos e contra a biologia, se tornando humana, mudando a vida dela e quem ela é só pra poder ficar com um homem que viu algumas vezes de longe. E VIRA HUMANA, SE CASA E A GENTE ACHA LINDO. Isso tá errado! Tá bem errado!

Bela (*A Bela e a Fera*)

A Bela sempre foi minha princesa favorita, acho ela foda, decidida, inteligente, independente. E mesmo assim conseguiram acabar com a história dela. Bela era uma menina superdiferentona, descolada, que não combinava em nada com a aldeia que morava. Ela queria mais que a vida no interior (como canta na música no começo do filme) e todo mundo achava ela louca por se recusar a casar e querer estudar pra sair daquela vidinha. Até que Bela sai à procura do pai, que sumiu, entra no castelo da Fera, é supermaltratada, tem medo da Fera, é aprisionada. E o que ela faz? SE CASA COM A FERA E DECIDE QUE O MELHOR A FAZER COM A VIDA DELA É FICAR LÁ PRA SEMPRE. Gente, isso tá erradíssimo! A gente esperava mais da Bela! O nome disso é síndrome de Estocolmo. (Síndrome de Estocolmo: Na psicologia é quando você é sequestrada e se apaixona pelo sequestrador. Nina também é cultura.)

Cinderela

É presa pela família, resolve sair uma noite escondida, perde o sapato (de propósito, tenho certeza, ela não me engana, já fiz muito isso), o príncipe acha e eles vivem felizes pra sempre. Ou seja, a criança já aprende que a salvação da vida é casar. Errado.

Bela Adormecida

Uma tia dela do mal jogou uma praga bem boa e ela dorme até um príncipe acordá-la com um beijo de amor verdadeiro. Como ele pode amá-la verdadeiramente?

Eles mal se conheciam! Não seria muito mais verdadeiro o amor dos pais dela? Errado.

A **Branca de Neve** eu devia me recusar a comentar... É aquela que virou escrava de sete anões, limpando a casa deles todos os dias, e depois, adivinhe? Mordeu uma maçã, se ferrou, caiu morta no chão e foi salva por um beijo de amor verdadeiro de um homem que ela nem conhecia, casou e foi feliz pra sempre. Seria até mais verdadeiro um beijo de agradecimento de um dos anões! Mas tudo bem, né?

Quero a fórmula desses casamentos felizes pra sempre pra ontem.
Ainda bem que as crianças de hoje têm a Ana, de *Frozen*, a Merida, de *Valente*, e a Moana. Exemplos melhores de meninas decididas e independentes.
Mas a minha geração se ferrou. Só péssimos exemplos.
Por que será que Agatha e eu crescemos com tantos conflitos de relacionamento, né?

Cansei. Juro.
O Paulo foi a melhor prova disso.
Um garoto desinteressante, chato, que na verdade não tinha nada a ver comigo além do guarda-roupa, e eu deixei chegar a esse ponto? Ao ponto de ganhar um festival de música com a minha própria música e dar mais valor a um playboyzinho guitarrista de Alphaville que eu mal conheço!

Isso não tá certo. Preciso começar a fazer umas mudanças na minha vida.

Pra ontem.

Quero focar em mim, na minha música, na minha felicidade.

Cadu está dando graças a Deus que eu caí na real.

Beijos,
da nova Nina, superindependente.

Olá, Caderninhooooo!

Brincadeiraaaaaa

Olá, Cadernooooo!
Tô muito bêbadaaaaaa
Cadu me desafiou a virar shots de tequila vendo Narcooooos

Beijooooooo
Beijocaaaas de amooooor e de luuuuuz

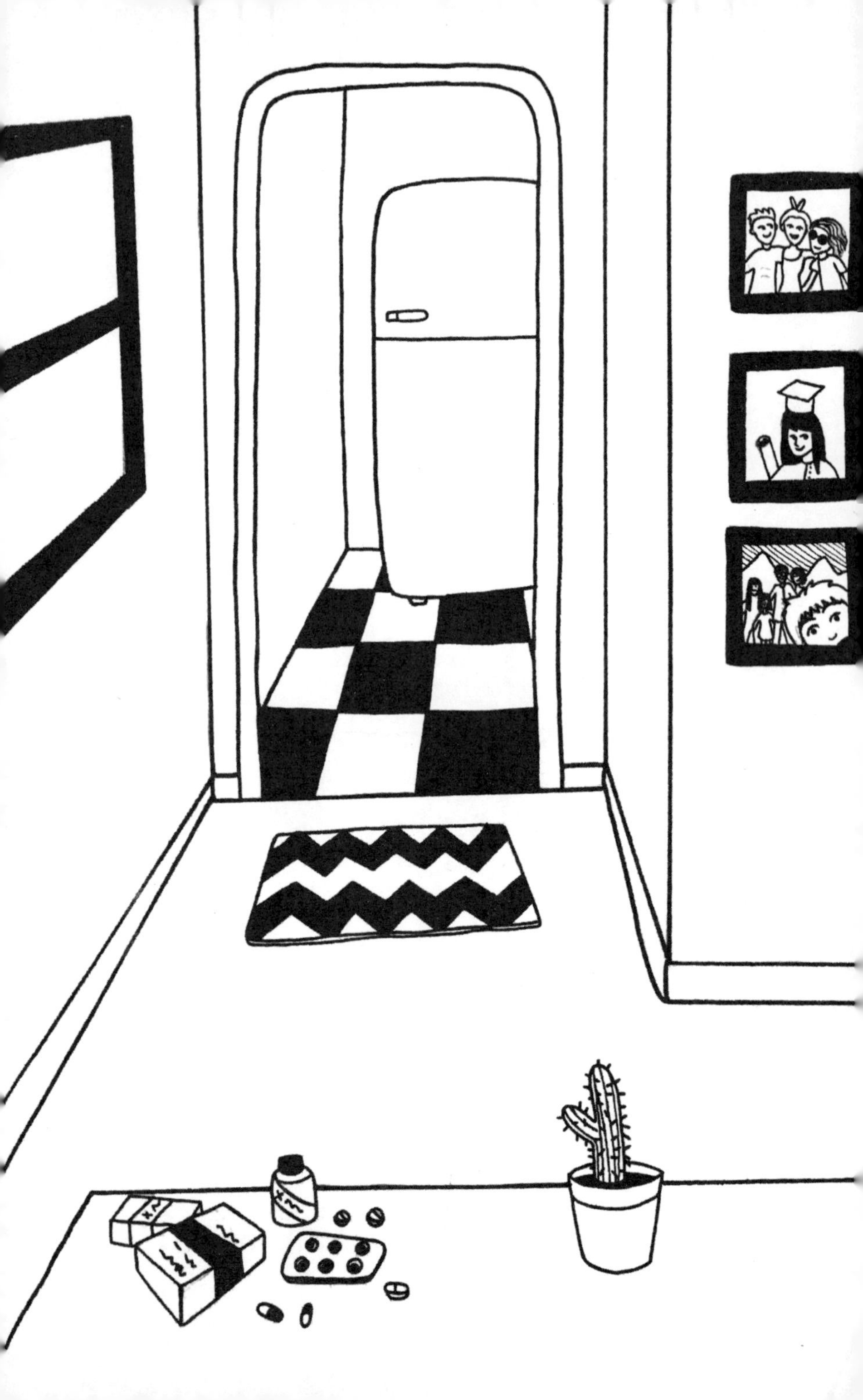

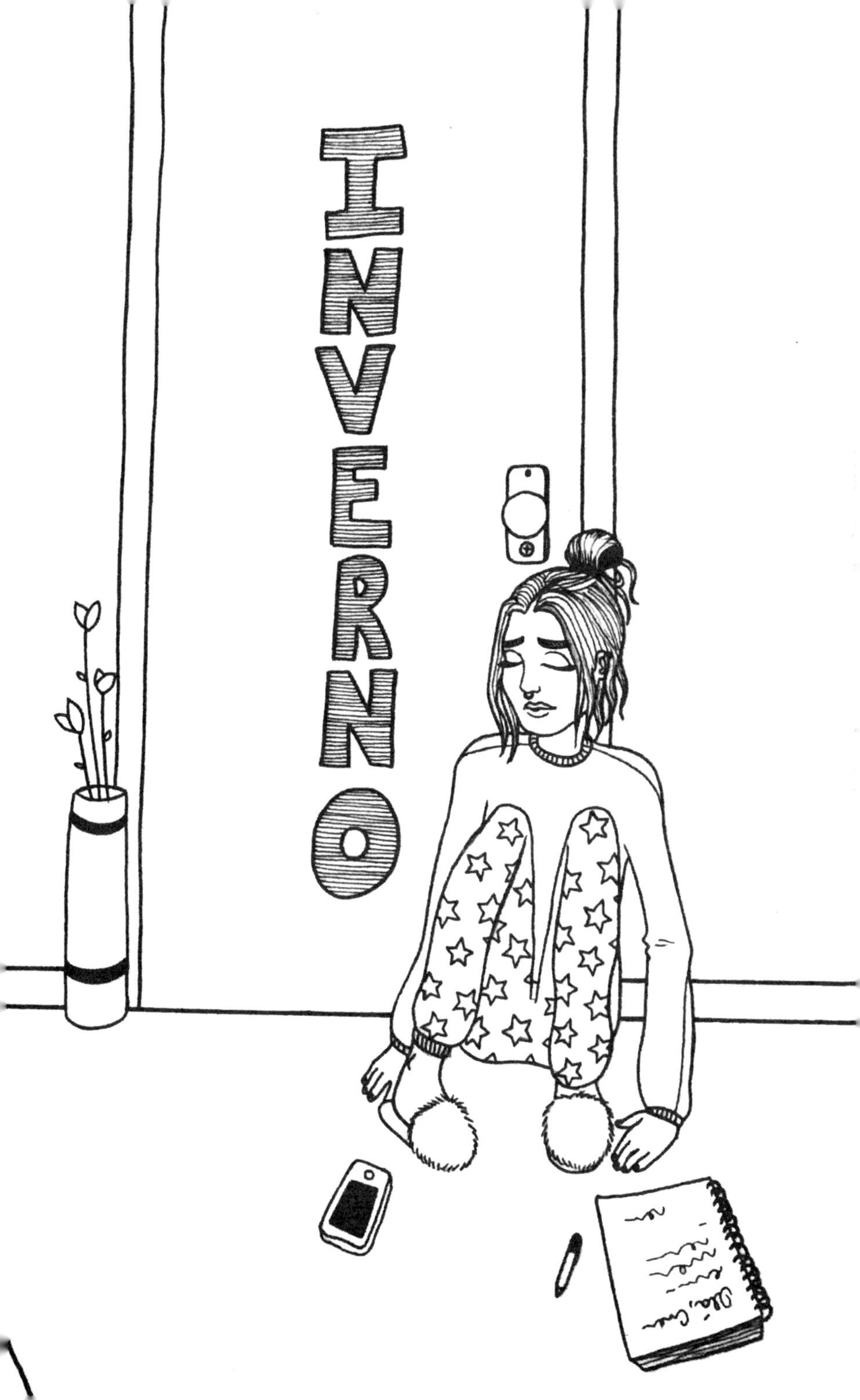
INVERNO

Olá, Caderno!

Estou com medo.

Acho que a Agatha e o Miguel terminaram.

Ela não saiu do quarto o dia todo. A porta tá trancada, mas eu consigo ouvir a voz dela falando baixinho com ele no telefone em espanhol. Falar baixinho é pior que gritar pra Agatha, porque quando ela grita tá sempre tudo bem, é sempre o drama convencional dela.

Agora, quando ela fala baixo, realmente tem algo errado.

O Biel veio me avisar quando eu cheguei do colégio. Ele não foi hoje porque já tá de férias, e eu, em recuperação de meio de ano... Enfim, cheguei em casa e ele e a Neide estavam conversando na cozinha sobre a Agatha. Me falaram que o Miguel ligou de manhã bem cedo, ela começou a chorar, entrou no quarto e não saiu até agora. Nem abre a porta.

Só a vi assim uma vez. Antes de viajar pro México, quando meus pais se separaram.

Não quero que ela vá pra lá de novo.

É meio triste admitir isso considerando que ela é minha irmã, mas parando pra pensar é a minha única amiga. E errando e acertando, é a pessoa que mais se preocupa comigo e que mais tenta me ajudar em absolutamente tudo.

Acho que nunca estivemos em uma fase tão boa, tão próximas.

Então só não quero que isso acabe.

Peraí, tô sentada na frente da porta dela tentando ouvir a conversa...

Eles terminaram mesmo.

Ela acabou de falar "*No me llame más, por favor...*"

Tipo pra ele não ligar mais, né?

Mas ela não falou gritando, falou triste.

Nossa Senhora, que medo.

Não sei o que pode acontecer...

Minha irmã nunca lidou bem com finais.

E eu nunca lidei bem em lidar com a minha irmã quando ela não sabe lidar com finais.

Me deseje boa sorte, vou contar pro Biel.

Beijos,
Nina

Olá, Caderno!

É, a situação está um tanto quanto complicada por aqui.

Chamei o Cadu pra vir pra cá tentar ajudar ou dar um suporte emocional pra mim e pro Biel, chamar a polícia, qualquer coisa. Sei lá.

A Agatha quebrou o quarto todo.

Tipo, quase que literalmente.

Parece que aconteceu uma guerra lá dentro.

E eu só sei disso porque ela saiu do quarto faz meia hora, pegou a chave do carro e não falou com ninguém, nem me respondeu quando eu perguntei aonde ia.

Ela estava trancada desde ontem e não dava nenhum sinal de que ainda estava viva a não ser pelo choro que eu conseguia ouvir pela porta. O Biel pensou em arrombar, parece que ele e os amigos sabem fazer isso bem, uma vez que o quarto dele tá sem porta até hoje. Mas o Cadu e eu achamos um pouco extremo, e conhecendo a minha irmã ela bateria na gente.

Muito.

Acordei cedo, fui pra escola achando que quando eu voltasse tudo estaria melhor. O Biel saiu junto comigo. Como a Neide não trabalha hoje, seria uma oportunidade perfeita pra ela sair do quarto pra pelo menos comer alguma coisa. Mas, quando eu voltei, a casa estava exatamente como a gente deixou, nenhuma louça suja. E a Agatha tem a política de não lavar louça, então com certeza ela continuava trancada sem comer.

Foi quando eu decidi ligar pro Miguel.

Sabia que o meu irmão tinha o telefone dele no celular, porque eles se falaram uma época, o Miguel vendeu uma prancha pro Biel, algo assim. Aliás, foi o maior perrengue trazer essa prancha do México, mas, enfim, ele tinha o contato.

Peguei o celular e liguei.

A voz dele estava péssima e a nossa conversa foi péssima, porque eu sou incapaz de me comunicar em espanhol. Resumindo, ele me falou que, sim, terminaram, mas para eu não me preocupar, porque a Agatha gostava de fazer drama.

"MEU QUERIDO, EU SOU IRMÃ DELA, SE TEM ALGUÉM QUE SABE SOBRE A AGATHA E OS DRAMAS DELA SOU EU E NÃO UM EX-NAMORADO QUALQUER. ENTÃO, COLOQUE-SE NO SEU LUGAR E PARA DE MENOSPREZAR A DOR DA MINHA IRMÃ, SEU BOSTINHA QUE NEM SABE ATUAR."

Eu falei isso.

Mesmo.

Em português, mas acho que ele entendeu o recado.

Meu sangue subiu quando vi que ele estava tratando isso como um draminha bobo da Agatha!

Ele mais do que ninguém deveria conhecer a minha irmã e as loucuras dela, que na verdade são bem sérias.

Foi quando eu me dei conta:

OS REMÉDIOS.

Corri pra cozinha e eles não estavam lá, ou seja, ela levou pro quarto.

Então eu liguei pro Cadu, e logo depois a Agatha deixou o quarto, pegou a chave e saiu.

Eu sei que a gente deveria ter segurado ela à força, mas eu meio que tenho medo da Agatha quando ela fica assim. Parece que nem é ela. É uma sensação estranha.

Eu percebo que o Biel sente a mesma coisa.
Um bloqueio, sei lá.
Depois que ela saiu, entramos no quarto dela.
E, meu Deus... Tinha jogado a TV no chão.
A TV.
O quarto inteiro tava revirado. Celular quebrado.
Não achamos os remédios, e isso foi um mau sinal.

Eu tô puta comigo mesma, eu sou uma péssima irmã, nunca deveria ter deixado a Agatha sair naquele estado e ainda dirigindo. Eu deveria ter tentado segurá-la mesmo que ela me batesse. Se acontecer alguma coisa, eu nunca vou me perdoar na minha vida.

Nem sei por que escrevo no meio do caos. Não sei o que fazer... Acho que preciso ligar pros meus pais.

Nina

Olá, Caderno!

A boa notícia é que a Agatha voltou pra casa e pro seu quarto trancado e greve de silêncio.

A má notícia é que nem o meu pai nem a minha mãe levaram a sério essa história.

Eles realmente estão tratando como se fosse mais um chiliquinho dela, e até o Biel tá começando a concordar.

Cara, como a Agatha pode fazer isso comigo? Eu sou irmã dela, morro de preocupação, sei que fica desestabilizada e não se importa, fica fazendo esse teatrinho até pra mim.

Viu, até eu tô começando a achar que é um teatrinho!

Não aguento mais ser esgotada e abusada emocionalmente pelos problemas dela.

Minha ex-psicóloga me falou isso uma vez, e eu gosto de repetir porque me faz parecer inteligente e porque é verdade.

Decidi que vou jantar na casa do Cadu hoje, na noite da pizza dos pais dele.

Cansei de ser babá de uma garota mais velha do que eu e que não está nem aí pra mim ou pra ninguém.

Beijos,
Nina

PS: A escola não vai me dar o prêmio do festival em dinheiro, então a gente vai ter que escolher um lugar perto de São Paulo pra viajar. Com tudo isso rolando ainda nem falei pros meninos.

Olá, Caderno!

Estou escrevendo do hospital.
Meus pais estão a caminho.
Os dois.
Minha mãe já está na estrada e meu pai, no aeroporto da Colômbia esperando o próximo voo.
Eu nunca fiquei com tanto medo na minha vida.
O médico está me chamando, depois escrevo.

Olá, Caderno!

Minha mãe está no quarto do hospital com a Agatha, então resolvi sair pra escrever e ver se me acalmo e tiro isso de dentro de mim.

Tudo aconteceu uma hora depois que saí para comer a pizza na casa do Cadu. Eu estava muito triste e muito brava com a minha irmã.

No meio do jantar, o Biel me ligou desesperado, gritando, dizendo que Agatha tava desmaiada no banheiro e que ia levar ela pro hospital. Os pais do Cadu falaram que tinham um amigo médico de plantão no pronto-socorro do Hospital Oswaldo Cruz, perto da minha casa, então fomos todos correndo pra lá.

Não consegui nem chorar, e nem lembro bem o que passou pela minha cabeça no trajeto até o hospital. Fiquei sentada no carro olhando pela janela, e só lembro do Cadu tentando falar comigo e eu não conseguindo conversar ou emitir qualquer tipo de som até chegar no pronto-socorro.

Ver a minha irmã desmaiada no colo do Biel na sala de espera do hospital, o Biel chorando de medo, tentando segurar o choro, os pais do Cadu lá desesperados tentando resolver e fazendo a função de pais que os meus pais deveriam estar fazendo, e depois ver a Agatha deitada sendo levada em uma maca.

Eu não vou esquecer essa sensação nunca.

Fiquei com medo que ela morresse.

Fiquei imaginando se isso pudesse acontecer e, se acontecesse, eu ia querer morrer também. Deve ser tipo quando você tem filho.

Eu nunca me senti tão culpada.

Se eu estivesse em casa de olho nela, isso nunca teria acontecido.

Depois de alguns minutos, o médico falou pra ficarmos calmos, que ela precisaria fazer uma lavagem estomacal porque tomou muito remédio e teve uma overdose.

Agatha teve uma overdose.

Naquele momento, eu sentei no chão e chorei.

Biel me abraçou chorando também, e depois o Cadu, e depois os pais do Cadu.

E aí eu chorei mais ainda porque me senti com uma família.

Isso é uma família, e não meus pais que resolvem morar cada um num lugar e nem sabem o que se passa com os próprios filhos, e quando eu ligo preocupada, eles falam "Nina, vai passar, a gente conhece a sua irmã. Fica tranquila, meu amor".

Mas a verdade é que, não, eles não conhecem a minha irmã. Não sei nem se eles me conhecem mais e não sei nem se fazem questão de conhecer, e agora a filha mais velha deles está simplesmente em um quarto de hospital acordando de uma overdose, acordando graças a Deus porque ela poderia ter morrido, ela poderia ter morrido e a culpa seria minha pra sempre!

Porque eu, sim, conheço e amo a minha irmã, e não consegui fazer nada pra ajudar.

Meu pai me mandou mensagem agora, chegou ao Brasil.

Biel foi pra casa assim que a mamãe chegou ao hospital, acho que ele quer evitar o papai.

Miguel me mandou mensagem perguntando se deveria vir pro Brasil e eu mandei ele se foder.

E o Cadu é o melhor amigo que eu poderia pedir.

Nina

Olá, Caderno!

Cuidado com o que você deseja.

Eu pedi uma família, e nos últimos dias parece que eu vivi um flashback gigante.

Não escrevi porque foi tudo muito tumultuado com todo mundo em casa.

Todo mundo mesmo: eu, Agatha, Biel, meu pai e minha mãe. E depois até a Valentina.

Acho que nem preciso comentar o quão estranho é ter todos nós juntos no apartamento de novo.

É, não preciso comentar.

Meu pai chegou ao hospital um pouco antes da Agatha receber alta. Ele entrou no quarto junto com a minha mãe e os dois ficaram lá por uns quarenta minutos. Queria saber o que eles falaram. Ou não falaram. Mas preferi ficar do lado de fora com o Cadu.

Depois, uma psicóloga entrou no quarto e então eles saíram pra me avisar que a Agatha ia receber alta e que já estava tudo bem.

Foi estranho o caminho de volta pra casa. Ninguém falou muito e a Agatha foi dormindo no meu colo no banco de trás. Chegando em casa, meus pais me avisaram que iriam passar a semana lá com a gente, tinham que levar a Agatha ao acompanhamento psicológico e ficar de olho pra ver se o corpo dela tinha alguma outra reação à overdose ou algo assim.

Biel me olhou e eu olhei pra ele nessa hora.

A gente sabia que ia ser meio bizarro.

Mas eu nem tive coragem de reclamar, afinal eles estavam finalmente tomando pra eles a responsabilidade de criar os filhos em vez de achar que temos tudo sempre sob controle.

Achei que poderia ser bom... mas não foi tão bom assim.

Tanto que nem consegui ter privacidade pra escrever.

Acho que, pra falar a verdade, a gente já criou uma dinâmica aqui em casa, e ter todos juntos no mesmo ambiente parece que não dá certo.

De qualquer maneira, pelo menos a Agatha foi na psicóloga todos os dias, e isso nunca aconteceria se ela estivesse sozinha com a gente.

O Biel e eu dormimos na sala com a baby Val, nossa irmã chegou um dia depois pra ficar com a gente. Ainda bem, porque eu tava morrendo de saudade. E é sempre legal quando ela dorme aqui, porque a gente faz cabaninha na sala e finge que está acampando na Lua, e se a gente sair da cabaninha não tem mais gravidade e nem oxigênio e a gente morre. Uma brincadeira um tanto ou quanto dramática. Era nossa brincadeira favorita quando Biel e eu éramos crianças e dormíamos no mesmo quarto. E continua sendo nossa brincadeira favorita com a Valentina.

Ela tá toda falante agora, contando (com aquela voz fofa de bebê) várias historinhas da escola, que sinceramente acho que ela inventa. Puxou a mim.

Nós três acampamos na sala, minha mãe dormiu no meu quarto e meu pai, no quarto do Biel. Sem porta. (Risos)

De madrugada, eu ouvi os dois conversando na cozinha sobre a gente e sobre eles. Biel e Val estavam capotados, mas eu não conseguia dormir, aí quando ouvi os dois indo pra cozinha fingi que dormia e consegui ouvir tudo. Minha mãe perguntou ao meu pai se agora ele ia parar de viajar e voltar pra casa e meu pai jogou na cara da minha mãe que ela poderia ter escolhido morar em São Paulo, mas escolheu o interior. Depois ficou meio silêncio e ele perguntou o que tinha acontecido com eles e minha mãe pediu pra ele parar... É, eu não deveria estar ouvindo essa conversa provavelmente.

Engraçado quando a gente começa a perceber que nossos pais não são os heróis que crescemos acreditando que são... Ouvindo os dois naquela noite, eu não vi muita diferença das conversas entre as pessoas da minha idade. O relacionamento deles é completamente mal resolvido, eles ainda têm as inseguranças e as questões que os levaram a fugir da vida que tínhamos antes, da nossa família, e mesmo amando a gente, porque eu sei e sinto que amam, eles não vão voltar a morar aqui mesmo depois do que aconteceu com a Agatha. Pelo simples fato de não conseguirem mais conviver. E, sendo honesta, nem sei se a gente consegue mais também.

Meu pai não é perfeito como eu sempre imaginei, minha mãe não é a mulher sem coração e que só pensa nela, minha irmã não é louca e meu irmão não é um maconheiro que odeia o pai.

Nós somos seres humanos.

A gente erra e acerta e cresce a cada dia, e percebo cada vez mais que não importa a idade.

Acordei cedo e fui pro quarto da Agatha. Ela estava vendo um filme e me chamou pra assistir junto. Deitei ao lado dela e ela me abraçou como fazia quando eu era pequena e tinha medo de dormir na minha cama depois de assistir ao filme dos gremlins. E depois me pediu desculpa. Eu pedi desculpa também. Acabei capotando e acordei com baby Val me maquiando. Fiquei linda como você pode imaginar quando uma criança de 4 anos te maquia com batom rosa da coleção do *My Little Pony* enquanto você dorme. Depois o Biel acordou e ficou na cama da Agatha com a gente, falei pra Val maquiar ele também. Ficamos ali rindo, até meus pais acordarem e cozinharem nosso almoço favorito de todos os tempos: lasanha que ambos fingem que fazem, mas na verdade compram aqui do lado de casa e só aquecem no forno.

É a melhor lasanha do mundo! Juro.

E então eu senti que ia ficar tudo bem...

E vai ficar.

Sempre fica.

Minha mãe volta pro interior amanhã com a Valentina e meu pai vai ficar aqui mais algumas semanas antes de viajar de novo.

Ah, o Cadu acabou de chegar! Ele vai fazer fotos da baby Val hoje no jardim do prédio. Imagina a fofura? Vou lá arrumá-la.

Meu Deus, ela comeu a minha tinta de cabelo rosa! Minha mãe vai me matar! Preciso ir.

Beijos,
Nina

Olá, Caderno!

A vida tem um timing impressionante.

Fui levar a minha mãe e a Val lá embaixo pra ajudar com as malas e me despedir das duas, e, quando subi, o telefone estava tocando. Acredita que era o dono da agência de atores e modelos da Agatha, que não ligava havia meses, pedindo pra ela aparecer lá porque tinha duas séries interessadas nela, mas queriam fazer o teste pessoalmente?

Sinceramente, é tudo que minha irmã precisa pra ficar melhor.

Falei pro meu pai e ele ficou mega-animado!

Sabe, me deu um aperto no coração quando falei tchau pra minha mãe hoje. Acho que estou começando a me resolver em relação a ela, sabia?

Não sei o que mudou...

Ontem ficamos conversando a tarde toda, só nós duas. Ela me contou que todo dia ensina a Valentina a agradecer e orar pedindo proteção pra mim, Biel e Agatha. Minha avó ensinou isso pra gente.

E fiquei pensando nela fazendo isso toda noite, pensando em nós. Nunca imaginei minha mãe fazendo isso... Sei lá.

Sei que parece besteira. Mas queria que ela ficasse um pouquinho mais.

O Cadu dormiu aqui no acampamento da sala ontem à noite com a gente e agora estamos ouvindo o primeiro CD da Alanis Morissette, o *Jagged Little Pill*. Meu pai me deu quando eu era mais nova, mas só mais velha fui entender como é genial e como eu quero ser igual a essa mulher quando eu crescer.

Quero fazer uma música tipo "You Oughta Know" um dia.

Beijos,
Nina

Olá, Caderno!

Você não sabe o bafão!
Eu vou matar o Biel por nunca ter me contado:
ELE TEM UM CASO COM A NOSSA PROFESSORA DE INGLÊS!
Por isso, ele conseguia sempre os gabaritos!
Dá pra acreditar?!
Meu irmão gêmeo do mal é um gênio do crime!
O Cadu descobriu porque ela começou a mandar uns e-mails estranhos pra ele, meio que dando mole, bem bizarros, e ele foi fofocar com meu irmão. Foi quando o Biel disse que tinha terminado com ela e ela não tava conseguindo aceitar.

Aí, o Cadu me contou e pediu pra eu jurar que não ia contar pra ninguém, mas ele esqueceu que eu sou a pessoa mais fofoqueira da história do planeta Terra. Eu não guardo nem os meus próprios segredos, porque pra mim isso quase nem existe. Então não é por mal.

A primeira coisa que eu fiz, quando o Cadu me mandou mensagem contando, foi entrar gritando no quarto do Biel. Me senti traída por não saber!

Ele justificou que não me contou porque sabe que eu não sei guardar segredo e que eu ia contar pra todo mundo e que a professora ia ser demitida.

É, faz sentido.
Provavelmente eu iria fazer isso mesmo.

A Agatha foi com meu pai ao teste da série de tevê. Mal posso esperar pra ela chegar em casa e eu contar isso!

Aliás, ela está bem melhor.

Eu nunca imaginei que fosse fazer tão bem a ela conversar com meu pai e minha mãe, passar um tempinho com eles, receber essa atenção.

Espero que eles tenham percebido...

Não sei se eu aguentaria passar por algo parecido de novo com a minha irmã.

Ainda tenho pesadelos com isso.

Beijos,
Nina

Olá, Caderno!

Férias mais produtivas da vida.

Cadu, Agatha e eu estamos colocando toda a lista de séries da Netflix em dia.

E é só isso mesmo.

A gente mal sai de casa, mal troca de pijama, mal toma banho.

Nem tenho muito o que escrever.

Biel tá meio chato e antissocial, então aparece às vezes pra reclamar que o volume tá muito alto ou pra falar pra eu parar de tocar violão de madrugada.

Essa é a incrível participação dele.

É isso.

Agora tchau que meu pai chegou em casa e vai obrigar a gente a tomar banho.

Tinha esquecido como é difícil essa parte de ter um pai.

Beijos,
Nina

Olá, Caderno!

Fizemos FaceTime com a minha mãe hoje.

Acho que a gente meio que tá tentando incluir isso na nossa rotina. Meu pai já ligava sempre, mas pra minha mãe essa tecnologia é novidade.

E foi legal!

Baby Val aprendeu a cantar e agora ninguém segura. Fez um show pra gente com direito a glitter e um pouco de baba na tela do celular.

Beijos,
N. (quis ousar)

PS: Amanhã recomeçam as aulas e eu preferia morrer.
Afogada.

Olá, Caderno!

Eu realmente sou uma mulher sem palavra.
Lembra quando eu disse que garotos nunca mais?
Que eu ia focar em mim?
E que falei mal de todas as princesas da Disney existentes?
Pois é, esqueça tudo.
Tenho uma palavra pra você:
Lucas.
"Mas ele não é o nerd introspectivo da sua sala que usa bermudas de tactel e não fala com ninguém do sexo feminino direito, Nina?"
Você me perguntaria, se você tivesse boca, e vida e um sistema nervoso e não fosse um caderno.
E eu te responderia:
"Sim, querido Caderno."
Calma, não vou te dar mais informações porque, considerando que começamos a conversar ontem no colégio e hoje foi a segunda vez que a gente dirige a palavra um ao outro, ainda pode ser só um surto momentâneo da minha cabeça.
Ou não.
Ou sim.
Ou não.
E ele é nerd.
Nerds não são meu tipo.
Geralmente.

Ah, esqueci de contar que Biel, Cadu e eu decidimos viajar pra Campinas com o prêmio do festival da escola, parece que o amigo maconheiro que quebrou a porta do quarto do Biel tem um contato de uma casa de shows lá e que a gente pode tocar! É de graça, ele disse que não cabe muita gente, não temos direito a levar convidados e que o lugar deve ser bem ruim, pois funciona como um cassino ilegal aos domingos, maaaaas tô animada!

Meu pai não pode nem sonhar com isso.

Combinamos não falar nada na frente dele obviamente.

Beijos,
Nina

Olá, Caderno!

Não escrevo há dias, então vou fazer o resumo do que rolou:

LISTA DE COISAS BOAS

1 – A Agatha pegou o papel daquele teste que ela fez pra série! Graças a Deus! Agora meu pai vai poder viajar tranquilo, porque ela tem uma nova atividade além de ex-namorado pra obcecar. E ela já está obcecada, acredite.

2 – O Cadu vai expor suas fotografias numa galeria de arte! SIM, UMA GALERIA DE VERDADE COM PESSOAS QUE PAGAM PRA ENTRAR! Só que no dia da exposição será de graça. Achei até melhor, porque assim vai mais gente. Os pais dele que conseguiram. Tô megaorgulhosa! E ansiosa porque tem várias fotos minhas. Sou muito musa.

3 – O Biel está namorando escondido a professora de Inglês! Eles voltaram, só que ninguém pode saber, porque a escola deu mais uma chance a ela quando os boatos começaram a aparecer. Tem grandes chances de o boato ter sido espalhado por mim, aliás. Foi sem querer. Muito estranho quando ela veio aqui em casa ontem. Tipo, inapropriado. Mas, fazer o quê? Meu irmão tem mel.

4 – Eu não tenho novidades. Mentira, tenho, sim. Tô organizando tudo pro nosso show furada em Campinas e mandei o vídeo do festival pro pai daquele menino do estúdio que eu conheci, lembra? Que o pai trabalhava em gravadora. Vamos torcer. Será que eu deveria ter mandado o canal do YouTube? Fiquei com essa dúvida. Talvez sim. Jesus, preciso superar essa vergonha.

5 – Alimentei um gato de rua que tá morando na frente do nosso prédio e dei o nome de Justino. Ele gostou.

LISTA DE COISAS NÃO TÃO BOAS

1 – Tirei 0,3 na prova de Química. Sério, eu não fazia ideia que era possível saber tão pouco sobre alguma coisa sem zerar. Acho que posso até me considerar um gênio por isso. Obrigada. De nada.

2 – Meu cabelo está crescendo de maneira estranha. Com volume estranho. E comprimento estranho. Passei a manhã no Pinterest pesquisando referências de cabelo. A Agatha disse que não dá pra pegar como referência fotos de modelo da Victoria's Secret senão nós, seres humanos normais, vamos sempre nos frustrar. Ela tem razão. Só tinha escolhido foto de modelo mesmo. O que a gente pensa quando faz isso, né? Que um corte de cabelo vai te transformar na Kendall Jenner. Não vai.

3 – O meu pai vai embora amanhã. Não sabia se colocava isso na lista de coisas boas ou ruins na verdade. Ok,

sei que agora eu pareci a pior filha do mundo. Mas a gente precisa de um tempo de pais, não tô mais acostumada a essa convivência, e sem falar que eu fiquei bem decepcionada com toda a história da Agatha no hospital...

    Enfim, não quero ficar pensando nisso.
    Minha psicóloga sempre dizia que eu não posso remoer o que está fora do meu controle.
    Seguirei as ordens de Doutora Psica então.
    Amo chamar ela de Doutora Psica.
    Pelas costas, claro. Não sou louca.
    Saudades da Doutora Psica, aliás.
    Será que devo voltar a fazer terapia?

    Eu e meu pai vamos agora comprar um violão novo pra mim!
    UHULES!
    Não sei por que falei uhules, mas tô animada.

    Beijos,
    Nina

Olá, Caderno!

A gente tá sozinho o tempo todo.
E isso é meio assustador.

Olá, Caderno!

Eu sei que é meio ridículo eu gostar dele. Mas acho que eu gosto. E deve ser realmente o maior surto que a minha cabeça já teve, porque não é possível. Ele não tem absolutamente nada a ver com o meu perfil.

Meu perfil: caras de banda, mulherengos (que palavra de gente velha), com problemas familiares, de caráter duvidoso, tão seguros que me deixam insegura, que me olham e eu já sei que vou ter que passar o resto da vida na terapia, com tatuagens e que dizem "Você é a menina mais linda que eu já conheci".

Ele: baixinho, magrelo, discute sobre jogos de RPG, bem-resolvido com a família, faz piada de si mesmo (que são muito engraçadas e eu amo), olha pra mim como se eu fosse uma menina extremamente gata, porém retardada que só se interessa por marginais, gosta do Homem-Aranha e nem sonha que eu estou aqui escrevendo sobre ele.

Eu acho que talvez exista a possibilidade de eu estar gostando do Lucas de verdade. A gente não para de conversar desde o dia que fizemos dupla na aula de Literatura, e eu não sou muito de conversar com ninguém. Nunca. Sem ser o Cadu. Mas as conversas com ele são tão legais... Temos o mesmo humor, sabe? Isso é raro! Meu humor é megadifícil de ser compartilhado.

Ok, agora tá preparado?

Ontem na aula a gente teve que fazer uma cena.

De amor.

Eu e ele.

DE AMOR.

Era uma cena de um livro que eu deveria ter lido e não li.

DE AMOR.

Pensei "Legal, ele vai se apaixonar loucamente por mim e por meus talentos artísticos. Obviamente".

Mas não.

Não foi como eu planejei.

Eu não conseguia atuar bem com ele, eu meio que gaguejava, eu não era eu.

E o pior você não sabe: a cena tinha beijo!

E quando eu fui beijar ele no ensaio saiu um beijo megadesengonçado da minha parte porque eu fiquei nervosa, e ele falou "Você sabe que não precisa me beijar no ensaio, né? Quer dizer, eu não ligo, mas você não precisa" e deu uma risadinha fofa.

FOFA.

Eu acabei de dizer que foi fofa a risadinha dele depois do fora que eu levei!

Fodeu!

Apaixonei.

ESSE É O MEU FIM, SENHORAS E SENHORES.

Levei um fora do fã do Homem-Aranha!

Não foi bem um fora, mas mesmo assim...

Ai, meu Jesus.

Vou tentar sobreviver até amanhã sem novos grandes desastres. O Cadu acha que eu estou enlouquecendo, que eu não consigo admirar alguém sem achar que estou apaixonada pelo objeto de admiração. Pode ser.

Até lá vou ver todos os filmes do Homem-Aranha e botar meu RPG em dia.

Esse nerdinho carismático não me escapa.

Beijos,
Nina

PS: Tô sofrendo, Caderno, tá sério.

Olá, Caderno!

Agatha virou hippie.

Cheguei em casa hoje e eis que encontro minha irmã com uma roupa bizarra e fazendo uns cartazes de protesto enquanto falava com minha mãe no telefone.

Sim, desde a internação elas se falam todos os dias religiosamente no telefone. E meu pai também, só que ele liga sempre à noite, e minha mãe de dia.

Será que eles combinaram horários pra monitorar a saúde da Agatha? Eu acho que sim. E acho ótimo.

Eu falo bem mais com eles no telefone agora também, antes era raro... Sei que eles ficam mais tranquilos falando comigo do que com ela, na maioria das vezes, porque sabem que eu jamais vou mentir, não depois do que aconteceu.

Voltando aos cartazes de protesto, nunca vi a Agatha fazendo o tipo politizada, quer dizer, só quando ela namorou o Guilherme Pudim, mas isso foi uma fase. Graças a Deus.

Então perguntei: "Quem é você e o que fez com a minha irmã?"

E ela respondeu: "Ha-ha, muito engraçadinha, Nina. Essa sou eu agora, se acostume. O pessoal da série que eu tô gravando só se veste assim, e são megapolitizados, então pensei em ser mais ainda. Vou fazer um protesto hoje na Paulista."

Ok, eu achei que protestos fossem programados, que você tinha que juntar pessoas e avisar ao governo e à polícia onde você queria fazer seu protesto e coisas desse tipo. Mas, aparentemente, isso não era problema pra minha nova irmã hippie, atriz e politizada.

Quando fui ver o conteúdo das placas, eu não consegui evitar e soltei uma risada que até o Seu Gideon, meu porteiro, ouviu lá de baixo.

Estava escrito: "Salvem os Pandas!", "Todos juntos contra o aquecimento global!" e "Onde estão as árvores?"

Cara, a política do nosso país está pegando fogo, dividindo opiniões, fazendo você perder amigos com tantos textões no Facebook, e minha irmã quer protestar sozinha a favor dos pandas e contra o aquecimento global.

É POR ISSO QUE EU AMO ESSA GAROTA.

Ela vive em um mundo só dela, é impressionante.

Achei bonitinho o protesto, achei mesmo, mas ela viu minha gargalhada e falou:

"Tá rindo do quê?! Não existe política se não existe mundo! E o mundo, a natureza, está acabando a cada dia! Virei vegetariana e acho que você deveria virar também. Bom, se quiser me acompanhar, estarei lutando pelo que acredito na Avenida Paulista."

Saiu de casa e bateu a porta.

Eu poderia falar pra ela que nem temos pandas no Brasil, mas achei melhor deixar quieto.

O Lucas (meu Nerd) faltou hoje ao colégio, me poupando da humilhação pós-beijo de ontem.

Aguarde cenas dos próximos capítulos.

Beijos,
Nina

Olá, Caderno!

Tem um mendigo morando na minha casa há aproximadamente dezesseis horas.

A Agatha insiste em dizer que é um ator de Minas Gerais que ela conheceu enquanto protestava sozinha ontem na Paulista, e que ele não tinha pra onde ir porque perdeu a chave do apartamento que alugou esta semana pra uma apresentação contemporânea de um livro de alguém famoso e inteligente que esqueci o nome.

Mas eu tenho certeza de que é mendigo.

Não posso escrever agora porque tô vigiando o cara fedorento com medo que seja um ladrão e saqueie a nossa casa.

Não vou dormir hoje.

Beijos,
Nina

PS: Lucas faltou de novo à aula. Chance de morte?

PS2: Cadu está um chato que só pensa na exposição. Eu entendo a ansiedade, mas não precisa me tratar tão mal nem me evitar. Liguei pra contar a história do mendigo e ele nem tchum. Em outros tempos, ele pagaria pra acampar aqui em casa e assistir a mais essa pérola da Agatha ao vivo.

PS3: A campainha acaba de tocar e é a nossa professora de Inglês, ou deveria dizer "namorada do Biel"? O mendigo mentiroso no quarto da minha irmã e minha professora de Inglês no quarto do meu irmão. Essa casa está perdida.

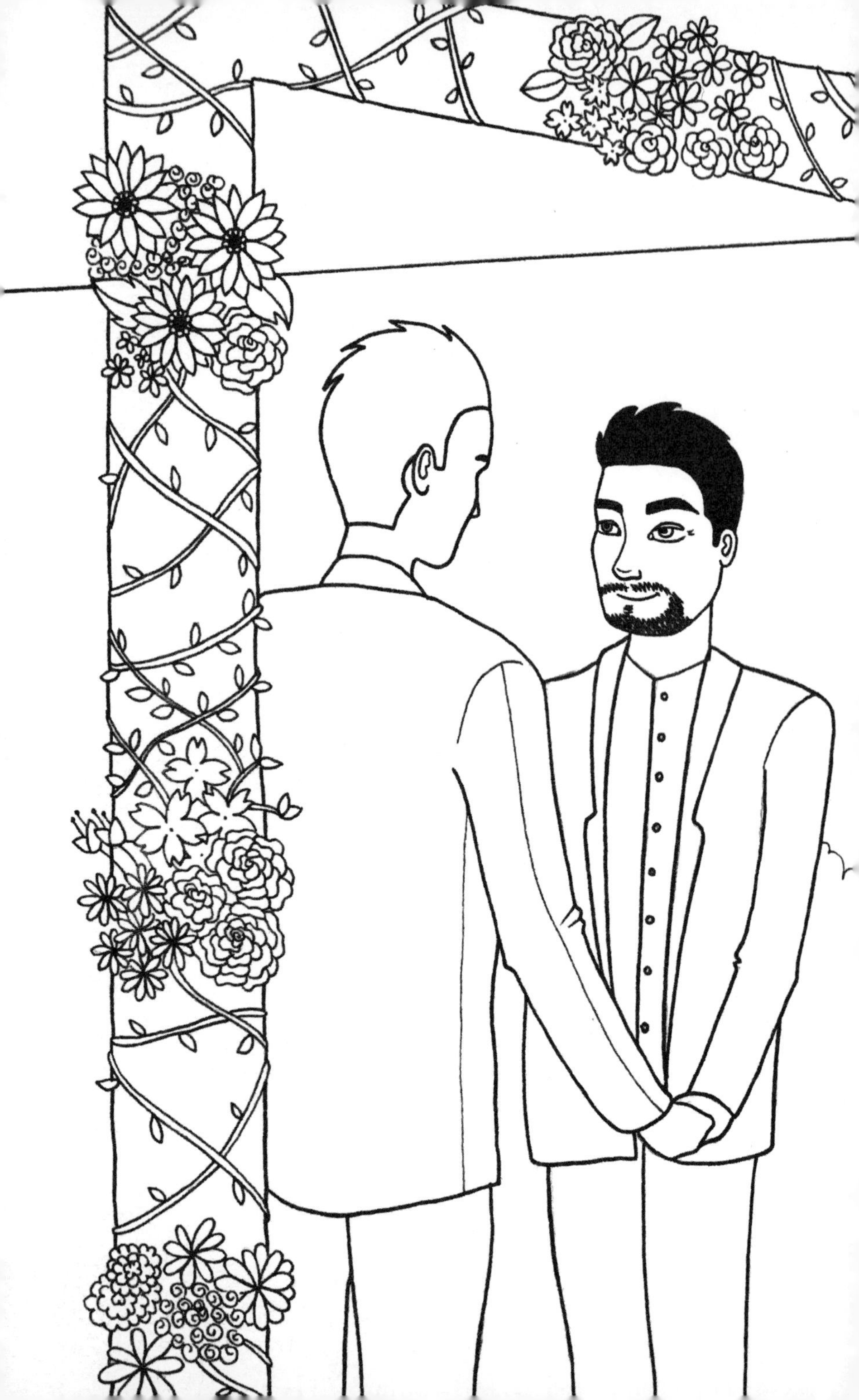

PRIMAVERA

Olá, Caderno!

Acho que meu Nerdinho tá a fim de mim. Ou melhor, é óbvio que ele é a fim de mim, meninos como ele são geneticamente programados pra amar meninas como eu.

Tá rolando um lance entre a gente...

Uma paquera.

Sabia que eu descobri que ninguém da minha idade fala "paquerar", que todo mundo acha isso uma palavra de velho?

Descobri isso porque o Cadu sempre me olhava com uma cara engraçada, meio querendo rir, quando eu falava "paquera"; até aí ok, porque ele sempre ri de mim. Mas o Biel veio me falar hoje de manhã quando contei sobre o Lucas: "Você sabe que só você e a mamãe usam essa palavra, né?"

Fiquei chateadíssima.

Realmente só eu e minha mãe usamos a palavra "paquera".

Mas, então, o que os jovens de hoje em dia falam?

"Estar a fim de alguém" não é o mesmo que "paquerar".

Vou descobrir isso...

Melhor! Vou lançar tendência. Vou fazer essa palavra ser legal, todo mundo vai falar "paquera". Vai ser vintage.

Enfim, a gente tá se paquerandinho.

Tenho medo de estar apaixonada por ele só pra me entreter... Porque 1, vamos ser realistas, eu sou o tipo de pessoa sem coração que se apaixona só pra se en-

treter e depois esquece e porque 2, na boa, não consigo imaginar a gente namorando.
Não mesmo.
Então, por que essa felicidade e friozinho na barriga toda vez que a gente se fala?
QUE MICO.
Deixa quieto. Agora que eu sei que ele quer muito, eu nem sei se quero tanto.
Essa sou eu.
Ah, falando nisso, vou voltar pra terapia com a Doutora Psica amanhã.
Meus pais acham necessário.
Vai entender, né?
Eles devem estar com peso na consciência com a internação da Agatha e tudo aquilo que a gente teve que passar sozinhos...
De qualquer maneira, eu gosto da Doutora Psica e vai ser bom ter alguém 100% focada nos meus problemas gravíssimos de adolescente.
Tudo bem que eu vou estar pagando pra ela estar focada, mas não ligo. Eu meio que pago o Cadu pra ser meu amigo também, às vezes.

Beijos,
Nina

PS: Você acredita que a Agatha tá ficando mesmo com o mendigo/ator?! Disse que programaram de ir pra Argentina juntos. Ele saiu de casa agora, foi pra um hostel. E ACABOU COM MEUS SUCRILHOS.

Olá, Caderno!

Vou falar a coisa mais idiota do mundo e que eu não vou poder revelar pra ninguém... Já tô até arrependida antes de escrever.

Sabe o meu ursinho de pelúcia, o Celso? Ele ganha vida às vezes durante o meu sono quando tô com muito peso na consciência ou preciso muito de um conselho.

É bizarro.

Mas ele é megalegal no sonho.

A Doutora Psica disse que eu não posso falar isso pra ninguém porque vão achar que eu sou meio louca e que ela não tá fazendo o trabalho dela direito. Ela não usou essas palavras, claro, falou como uma psicóloga, tipo:

"Talvez seja melhor você não mencionar isso às pessoas, Nina."

A Doutora Psica é engraçada.

Beijos,
Nina

Olá, Caderno!

O Mendigo Mentiroso Comedor de Sucrilhos voltou. Ele e Agatha estão meditando na sala neste momento.

MEDITANDO.

Sim, minha irmã está meditando.

Ela falou que geralmente ele medita pelado, mas pediu pra que não fizesse isso na sala da nossa casa porque os irmãos eram muito puritanos e caretas.

Oi?

Essa fase hippie da Agatha já tá durando tempo demais. E pior, eu tenho que aguentar tudo isso sozinha porque o Biel praticamente se mudou pro apartamento da nossa professora de Inglês e o Cadu continua louco com a exposição, que é amanhã à noite.

Ainda bem que eu tenho o Lucas... Que sempre faz as melhores piadas sobre a minha vida e a minha irmã e o namorado Comedor de Sucrilhos dela. Ai, ai... Saudades, Lucas. Até esqueci daquele beijo desengonçado que dei nele no ensaio, já voltou tudo ao normal.

E com normal eu quero dizer que a gente se fala na aula, eu rio de todas as piadinhas nerds dele que nem uma otária e depois não nos falamos mais.

E é isso. Emocionante, não?

QUASE ESQUECI!

O pai do menino do estúdio (que trabalha em gravadora) me respondeu! Disse que viu meu vídeo no festival e gostou muito, que eles não estão assinando com ninguém na gravadora por enquanto, mas que tem interesse de conversar comigo mês que vem, quando ele voltar de Los Angeles.

JÁ IMAGINOU?!

Bom, meu pai disse pra eu não colocar minhas expectativas tão altas assim porque esse povo de gravadora é louco. De qualquer maneira, já é um contato muito bom.

Beijos,
Nina

Olá, Caderno!

Encontrei o Edu, meu ex, com a namorada, agora há pouco na padaria, e me escondi embaixo de uma prateleira de geleias!!!!!

Foi horrível.

Eu não estava com look pra encontrar o ex e a atual namorada, aliás não estava com look pra encontrar nenhum ser humano. Eu fui de pijama e com máscara de rosto para espinhas porque a padaria é do lado da minha casa e eu ia só comprar requeijão.

Que merda.

Espero que eles não tenham me visto.

Nina

PS: Ela é a pessoa mais sem sal do planeta; sou mais eu de pijama e máscara de espinhas.

PS2: Ele não parece feliz.

PS3: Ok, ele nunca pareceu feliz na vida. Edu tem uma cara blasé de nascença.

PS4: Tchau.

Olá, Caderno!

Hoje senti uma aproximação pesada por parte do meu Nerd.

Foi na aula de redação e mais ou menos assim:

Ele: Oi, Nina.

Eu: Oi. *sorriso sedutor*

Ele: Você vai à festa do Otávio amanhã?

Eu: Depois da exposição do Cadu? Acho que vou, sim, você vai?

Ele: Pô... não curto muito festa, mas tô pensando em ir.

Eu: Hummm, entendi, cara misterioso que não curte festas. Bom, eu vou.

Ele: Então, eu também.

Eu: Então tá.

Ele: Então até.

Eu: *risos*

Ele: *risos*

MEU DEUS, COMO EU AMO ESSE HOMEM!

Engraçado essa minha fase de gostar dele ainda não ter passado, né? Cadu apostou comigo que não durava mais de quatro dias e já são semanas de papinho furado com meu Homem-Aranha.

Talvez eu seja uma nova garota.

Mais madura mesmo, sabe?

Que não se importa com a opinião alheia e que vê num garoto mais do que um rostinho bonito, cabelo estrategicamente bagunçado e habilidade de tocar guitarra.

ALELUIA.

Não aguentava mais sofrer por músicos sem coração.

O meu Nerd é diferente... Não tem como ele não me achar a garota mais incrível que já viu. Não só pelo fato de eu ser realmente meio incrível, mas simplesmente porque ele nem viu tantas garotas assim na vida.

Não é demais?!

O Nerd e eu seremos o casal mais não óbvio da história dos casais! Uma coisa meio Seth e Summer de *The O.C.* Vai ser demais, ainda bem que vi o potencial dele antes de todas.

E você reparou como eu fui ousada na nossa conversa de hoje?

Me achei bem ousadinha!

O Cadu convidou o Lucas (meu Nerd) pra exposição só pra me deixar felizinha, e depois tem essa festa que o Otávio vai dar na casa dele porque os pais estão viajando, então acho que vamos acabar emendando. O Cadu tá uma pilha de nervos, fiquei uma hora com ele no telefone hoje tentando ajudar e fazendo lista do que falta pra amanhã.

Sou uma amiga muito eficiente.

Enquanto amanhã não chega, vou ajudar a Agatha a pintar o cabelo, porque ela descoloriu de novo pra tentar ficar loira e tá parecendo uma cacatua.

Me deseje sorte.

Beijos,
Nina

Olá, Caderno!

Vou me esconder em um buraco e só vou sair quando completar 47 anos.

Beijos,
Nina

Olá, Caderno!

Desculpa por ontem. Minha anotação foi meio vaga, então vou te explicar o que aconteceu.

Primeira fase do dia: Exposição do Cadu.

FOIINCRÍVELMEUMELHORAMIGOÉUMGÊNIOSOCORRO.

Resumindo, foi isso.

Chegamos lá na galeria bem cedo pra levar as fotos, montar as mesas pros aperitivos, bebidas e tudo mais. Fomos eu e a Agatha, o Biel ia depois porque estava tendo uma DR com a nossa professora de Inglês.

A galeria era lindíssima, pessoas de respeito expõem lá, sabe? Tipo pessoas adultas.

Eu nem consigo te dizer o tamanho do orgulho que senti do Cadu quando vi aquele lugar pronto, e depois começando a encher de pessoas, e depois essas pessoas enchendo o Cadu de elogios, ele todo feliz como acho que eu nunca tinha visto antes. O Téo e o Joaquim disfarçando pra não parecerem os pais mais corujas desse planeta (mas eu vi o Téo dar uma choradinha de leve). E eu lá, parada feito boba na frente de uma foto que ele fez de mim anos atrás. Era metade do meu rosto, deitada no chão da casa dele.

Eu odiava essa foto.

Porque me achava feia, de cara inchada, porque foi na época que terminei com o Edu e que minha mãe ficou grávida, porque eu sempre fui uma adolescente chata e do contra.

Mas olhando agora pra foto, em preto e branco, com meus cílios pintados de aquarela por cima... Eu amei essa foto.

Amei que o Cadu registrou esse momento e viu beleza na minha dor. Amei ver a foto agora, tanto tempo depois, e entender o que eu passei e o quanto eu cresci e o quanto eu tenho pessoas especiais do meu lado. Amei perceber que tanta coisa tinha mudado e que estava tudo bem, que a vida é assim mesmo.

Eu quase dei até uma choradinha.

Mas não era pra tanto.

No final da exposição, abracei o Cadu bem forte e falei que eu sempre ia ser a primeira da fila em todas as exposições que ele tem pela frente.

E vou mesmo.

Ok, agora a fase dois do dia: Festa do Otávio.

Beijei o meu Nerd.

Beijei mesmo.

Beijão.

Com muita língua.

Muito mais língua que o necessário.

EU beijei.

Tipo EU tomei a iniciativa.

Na frente do terceiro ano inteiro.

Todo mundo viu.

Mesmo.

Eu bebi um pouco.

Eu perdi minha bolsa.

Eu fiquei confusa.

Eu achei minha bolsa.

Eu fui embora.

Eba! Mais uma pra lista de situações que eu não sei como lidar!

A questão é: eu gosto dele mesmo?
Agora, neste momento em particular, eu não sei dizer.
Não sei mesmo.
Eu sinceramente acho que talvez eu goste.
Ou não.
Depois de ontem tudo ficou meio estranho.
Acho que ele bebeu um pouco demais e acho que eu bebi um pouco demais e talvez eu tenha ficado muito mais afetuosa do que deveria ser nesse nosso primeiro beijo.
MUITO MAIS.
Ele veio falar comigo todo fofo... Todo tímido...
Eu senti que ele queria, mas não estava com coragem, então eu ajudei. Empurrei ele na parede e dei o maior beijão.
Não é o tipo de coisa que eu faço geralmente!
Estranho, né? Acho que o meu Nerd me deixa mais selvagem.
Depois do beijo, ele ficou todo animadinho e falou até pra eu ir pra casa dele (HELLO, não é pra tanto. Não vou pra casa do menino que eu acabei de beijar assim, tão fácil, sou travada, lembra?), mas aí eu reparei que tinha perdido a minha bolsa (que, aliás, eu comprei com o dinheiro do nosso condomínio e ninguém aqui em casa se deu conta ainda, graças a Deus, e, sim, eu sei que foi muito irresponsável da minha parte) e saí correndo que nem uma maluca pela festa procurando a bendita bolsa enquanto todo mundo me perguntava sobre o beijo e eu sem entender direito até então que TODO MUNDO realmente tinha visto esse meu momento selvagem.

Achei a bolsa e fui embora arrastando o Cadu, ele tá com o carro dos pais este mês.

E foi isso, não teve mensagem depois nem nada e hoje é sábado, então amanhã é domingo (obviamente) e depois de amanhã é segunda e eu vou ter que encontrar com ele.

O que eu faço?

Talvez eu tenha me arrependido.

Talvez esse lance nosso fosse mais legal quando era platônico.

A Agatha e o Biel estão me zoando muito, já tá chato.

Beijos selvagens,
Nina

Olá, Caderno!

Hoje tive uma conversa interessante com a professora de Inglês.

Ou deveria dizer minha cunhada?

Quando ela chegou, só eu estava em casa. O Biel tinha ido levar a Neide no metrô (não entendi o que ela veio fazer aqui hoje de manhã, se deu conta que é domingo e ela não trabalha?) e a Agatha saiu pra gravar a série, deixando o Mendigo Ator Comedor de Sucrilhos novamente dormindo no quarto dela. Ele claramente não faz nada na vida.

Ficou um clima meio estranho quando eu abri a porta. Falei pra ela ficar à vontade que o Biel já tava chegando.

Tipo, ofereço um copo d'água?

Finjo que somos amigas?

Pergunto se fui bem na prova?

Deixo ela na sala e vou pro meu quarto?

Faço um discurso sobre como é errado professores seduzirem alunos?

Não precisei pensar por muito tempo porque ela sentiu o climão quase palpável e quebrou o silêncio falando "Desculpa se de alguma maneira essa situação te deixa desconfortável".

E eu: "Não, imagina... Vocês se gostam, né? Eu entendo."

Não, na verdade, eu não entendo, eu não queria muito que isso estivesse acontecendo e eu fui falsa mesmo. Eu sou bem falsa às vezes.

Mas daí ela continuou: "É, eu sei que você entende, você parece ser a única menina madura do terceiro ano."

Madura? Ela realmente não me conhece.

"É, eu sou bem madura."

(???)

Onde esse papinho vai parar?

E ela: "Você conheceu meu irmão mais novo."

SÓ FALTA SER O LUCAS.

Eu perguntei: "Que irmão mais novo?"

POR FAVOR, NÃO SEJA O LUCAS.

E ela: "Ele se chama Lucas."

MEU JESUS AMADO!!!!

"Ele trabalha no estúdio em que você ensaiou com os meninos. Na verdade, foi muita coincidência. Eu quis mostrar o vídeo da apresentação de vocês no festival pro meu pai, que trabalha em uma gravadora. Quando enviei, ele disse que o meu irmão já tinha mandado e que tinha adorado."

UFA, NÃO É O MESMO LUCAS!

Meu coração parou por alguns segundos.

Me recuperei e falei "Nossa, realmente é muita coincidência. Sim, eu conheci seu irmão, mas não lembrava o nome dele... Poxa, obrigada de verdade. Por mostrar pro seu pai."

Foi fofa, vai? Ganhou pontos comigo.

Amo pessoas que compram minha amizade com coisas do meu interesse.

"Imagina, você é talentosa de verdade, Nina."

Rimou.

Estranho ouvir alguém que não seja da minha família elogiando assim.

Gostei.

Depois disso (de me comprar com o lance do pai), senti que podíamos ser amigas. Sentei ao lado dela e contei sobre o meu Lucas Nerd. Primeiro ela ficou meio em choque e em seguida disse que entendia porque também já ficou com um amigo dela que fugia do "perfil" bad boy com que ela sempre se envolvia quando era mais nova (e até hoje diga-se de passagem, né? Porque meu irmão não é flor que se cheire. Essa aí cresceu e não aprendeu nada com a vida).

Quando eu perguntei no que deu o romance inusitado, ela disse mais ou menos isto: "Acho que a gente começa a aprender que não tem controle nenhum sobre o amor. Acontece. Não é porque o cara é bonzinho e tudo que você sempre precisou que ele vai querer se envolver contigo nesse momento, justo no momento em que você precisa dele. Entende o que eu quero dizer? Não é só porque faz sentido e parece certo que realmente vai ser o certo. A gente nunca sabe. Às vezes essa história só te faz abrir os olhos para outras possibilidades..."

OUTCH.

Um tapa bem na minha carinha.

Ela tem razão.

Não é só porque faz sentido ele gostar de mim que ele vai gostar.

Não é só porque seria bom ficar com alguém que não seja um babaca que signifique que seja amor.

Aí meu irmão chegou e eles foram pro quarto dele, que já tem porta.

Conveniente a porta aparecer agora, não? Ele deve ter gastado todo o dinheiro da maconha com o conserto.

Isso, sim, meu caro, é amor.

Beijos,
Nina

Olá, Caderno!

Acho que minha história de amor acabou.

Cheguei hoje no colégio super na expectativa de como iria ser o encontro depois do meu beijo. Fiz o Cadu dormir lá em casa pra chegarmos juntos e eu ter apoio emocional, mas sinceramente, o que poderia dar errado? Ele só tem como ficar mais apaixonado por mim depois dessa minha demonstração de afeto em público, certo?

Certo?!

CERTO?!

Foi o que pensei.

Ele veio falar comigo logo na primeira aula, com um sorrisão no rosto e todo mundo da sala olhando. Tipo olhando mesmo. A conversa foi mais ou menos assim, preste muita atenção:

Ele: Oi (:

Eu: Oi...

Ele: E aí?

Eu: Tudo certo, e aí?

Ele: Também...

Eu: Legal.

Ele: É...

Eu: Dá licença.

Incrível a conversa, né?

Digna de casamento!

Digna de roteiro de filme comédia romântica!

Digna de um tapa na minha cara!

POR QUE EU FIQUEI ASSIM TÃO NERVOSA?!

Meu Deus, eu nem me reconheci.

Depois dessa apresentação desastrosa, ele me mandou mensagem no meio da aula:

Ele: Você tava bêbada, não tava?

Eu: Tava... Você também.

Ele: Você só me beijou porque tava bêbada, né? Eu sou meio inseguro.

Nesse momento eu quase morri.

Fiquei muito mal, porque talvez tenha parecido isso mesmo, talvez eu tenha até agido dessa maneira, mas eu não queria que ele pensasse que só o beijei porque a gente bebeu, porque simplesmente não é verdade! E eu tenho este caderno como prova! Eu acho ele um cara incrível. Mesmo. Ele é inteligente, tem bom humor, tem uma vibe muito boa, dá vontade de ficar perto, e beija bem! Sei lá, às vezes olhando pra ele eu tenho vontade de que todo mundo em volta suma e que a gente possa ficar conversando pra sempre.

Eu sou muito ridícula.

Então, respondi a mensagem da seguinte maneira:

Eu: Não, eu nunca faria isso. Beijei porque você é um cara foda. Entendeu? E porque eu senti vontade.

Ele: (:

E foi isso...

Não consegui falar mais nada.

Não sei o que eu sinto por ele, não sei o que ele sente por mim, não sei se é só uma amizade e eu confundi as coisas, mas o colégio inteiro ficou comentando sobre a gente hoje. Todo mundo vinha me perguntar ou passava por mim comentando coisas como "Nossa, a Nina realmente superou o guitarrista? Mas que troca, hein? Não tá fácil pra ninguém". As pessoas realmente só ligam pra aparência, né? Pra "status" ou sei lá como chamam isso.

Me dá um ódio.

Eu nunca escrevi a história do meu namoro com o Edu (o guitarrista que as pessoas estavam falando) aqui porque nem tenho o que escrever. Já passou. Ele foi só o cara que eu namorei e que me fazia ser uma pessoa horrível. Mas ninguém quer saber se ele foi legal ou não, porque ele era gato e começou a namorar uma modelo depois de mim, aí todo mundo continua me achando a coitada que perdeu o guitarrista bonitão e agora pega o nerd que ninguém nunca reparou.

Eu odeio o Ensino Médio.

E eu nunca estive tão confusa.

Beijos,
Nina

Olá, Caderno!

Faltei a aula hoje, acordei com febre.
Estranho, eu nunca tenho febre.
Tomei um remédio e vou ficar o dia inteiro vendo *How I Met Your Mother*.

PS: Quero fazer pilates. Acho muito chique fazer pilates.

Olá, Caderno!

Agatha terminou com o Mendigo Ator Comedor de Sucrilhos.
Já era tempo.
Ela alegou que era incompatível com as expectativas de futuro dela quando ele disse que tinha planos de se mudar aos 28 anos pra uma aldeia chamada Wackala, no México, e criar os filhos lá à base de amor e luz.
Minha irmã brinca de ser hippie alternativa até tirarem o ar-condicionado dela. Aí o lance fica sério.
Acho que "aldeia" foi a palavra-chave pra ela terminar.
Entendo total.
Somos muito urbanas.
Eu também não consigo com esse lance de aldeia.
Um dia um menino que eu ficava, numa viagem que fizemos pro Rio de Janeiro, me chamou pra ir na *cachu* às sete da manhã.
CACHU. Sabe o que é "cachu"?
Demorei quinze minutos pra descobrir que era "cachoeira" e quinze segundos pra digitar "ME RESPEITA" e bloqueá-lo.
Essa coisa de ser natureba é bonitinha na teoria, mas na prática é *insupor*.
Até esqueci de falar que estou com virose, por isso a febre. Vomitei a noite inteira (informação desnecessária, eu sei) e não fui ao colégio hoje de novo.
Saudade do Lucas e dos nossos momentos constrangedores na sala de aula. Será que ele tá pensando em mim?

Já sei! Vou mandar uma mensagem pra ele, vou ser uma mulher bem-resolvida que faz o que sente vontade e não fica de joguinhos.
VAI SER DEMAIS!
Já tô ansiosa pra mensagem.
Por que eu não tive essa ideia antes?
Ele nunca me mandou mensagem, então vai ser bom pra gente quebrar essa barreira.
Vou mandaaaaar.

Beijos,
Nina

PS: Marcamos nosso show de Campinas!

Olá, Caderno!

Os pais do Cadu vão se casar!

Sim, o Joaquim e o Téo já são casados. Mas nunca fizeram uma festa, e agora vai ter festa e uma cerimônia superdiferentona celebrada por um guru espiritual.

E adivinha quem vai entrar na cerimônia com o Cadu?

EEEEEUUUUU.

Amo quando o Cadu não está namorando, assim eu participo de tudo porque amo os pais do Cadu mais do que eu amo o Cadu.

Quase.

Já quero ver meu vestido pra ontem.

A virose passou e amanhã volto pra escola.

Acredita que o Lucas não respondeu minha mensagem? Ele nem leu na verdade. Achei estranho...

Talvez eu tenha anotado o número errado, né? Faço isso às vezes.

Qualquer coisa pra não pensar que fui rejeitada.

Eu gosto dele mesmo, sabia? Achei no começo que era só invenção da minha cabeça porque eu tava entediada, mas agora eu sinto que gosto de verdade dele, da companhia dele, do sorriso dele, do caderno do X-Men dele, do beijo bêbado dele.

SÃO TANTAS LEMBRANÇAS!

Ok, são poucas lembranças.

Mas são intensas.

Acho que vou falar pro Lucas que gosto dele. O que pode dar errado? Eu sinto que ele gosta de mim também, só é um cara tímido e levemente inseguro.

Então, se eu falar sobre os meus sentimentos, vou estar ajudando ele.

É bem mais simples do que parece, a gente é que complica.

Vou descomplicar então.

Beijos,
Nina

PS: A Agatha acabou a gravação de hoje da série de TV e disse que ganhou do diretor dois ingressos pro jogo do Corinthians porque ele se separou da mulher e está depressivo demais pra ir. Nem sabia que a Agatha ainda era corintiana. Eu sou/era também porque meu pai é, então a vida inteira isso foi meio que uma troca de favores: "Eu pago a conta de vocês e vocês falam que torcem pro Timão."

Achei uma troca bem fácil.

Nunca fui a um jogo, deve ser até interessante.

Vou ver se vou com ela e depois escrevo sobre essa experiência antropológica.

Olá, Caderno!

O Cadu me disse que eu enlouqueci oficialmente. Cheguei ao colégio e contei pra ele que decidi falar pro Lucas que gosto dele, como a mulher madura e decidida que sou.

Ele falou "Melhor não".

E eu falei "Eu sei o que estou fazendo".

E quando entrei na sala de aula eu vi.

EU VI.

A Ingrid sendo a nova dupla do Lucas na aula de literatura!

Eu faltei ontem, quando eles escolheram, mas nunca imaginei que o Lucas fosse me deixar de lado e escolher outra dupla! Não depois da nossa dupla ter dado tão certo! Porque deu certo. Deu muito certo. Teve até beijo de tão certo! Não?!

EU JÁ TINHA ATÉ LIDO O LIVRO ANTES SÓ PRA IMPRESSIONAR ELE!

Mas mantive a calma (que eu não tenho) e a classe (que eu não tenho) e fui falar com eles.

Eu: Oi. *sorriso fofo que mais pareceu de psicopata*

Lucas: Oi, Nina! Você tá melhor? Cadu me falou que você ficou doente...

Ingrid: É, já tá melhor?

Eu: Tô sim, melhor. É... vocês, são, uma, dupla, vocês, dois?! *Isso saiu mais estranho e desesperado do que deveria*

Lucas: Somos, a Ingrid me chamou e como você tinha faltado... Mas eu posso te ajudar também se você quiser.

Ingrid: É, a gente pode te ajudar... *sorriso malicioso de vaca escrota que roubou meu homem*

Eu: Não, eu, eu já li na verdade, vou fazer sozinha mesmo, prefiro fazer sozinha porque eu sou muito boa sozinha, muito boa mesmo, sozinha, boa sorte na vida de vocês, quero dizer, dupla! Boa sorte na dupla de vocês. *É, eu sei. Foi deprimente*

O Cadu já tinha escolhido o Biel porque achou que eu iria com o Lucas, então eu realmente ia ter que fazer sozinha, não foi só uma desculpa desesperada.

Fiquei sentada na minha carteira, fingindo escrever, mas encarando o Lucas e a Ingrid. Como assim, eu desapareço três dias e o Lucas tem uma amiga? Que eu saiba, eu era a única amiga dele! E como assim, essa amiga é a Ingrid?! Eu achei que ela nem respondesse a meninos como ele mesmo se eles falassem "Oi, Ingrid" na cara dela e só estivessem os dois na sala. Ela sempre tratou o Lucas como se ele nem existisse, como se o olhar dela o atravessasse e fosse direto para meninos como o meu irmão.

Eles estavam conversando felizes.
Rindo.
Rindo muito.
Ela pegou a mão dele uma hora.
PEGOU A MÃO DELE!
CARA.
INACREDITÁVEL.
INACRÊ!

Me deu dor de barriga.
Me deu vontade de vomitar.
De repente a virose voltou.

Biel e Cadu viram a minha situação e minha cara de "vou chorar em breve" e juntaram as carteiras deles na minha.

Cadu: Decidido, agora somos um trio. Quer falar algo sobre o Dom Casmurro e a paixão doentia que ele inventou pela Capitu, ou prefere não?

Eu: Prefiro não. De loucos compulsivos por amor basta eu. Vou só ao banheiro vomitar e dar uma choradinha.

Biel: Sempre admirei sua honestidade.

E eu fui.

Quando voltei, Lucas e Ingrid estavam ouvindo uma música no celular dele, dividindo o fone.

A gente costumava fazer isso.

Eu quero morrer.

Nina

Olá, Caderno!

"*Exagerado, jogado aos seus pés, eu sou mesmo exagerado. Adoro um amor inventado.*"

GENTE, EU E CAZUZA SERÍAMOS MUITO AMIGOS!!

Beijos,
Exagerada

Olá, Caderno!

Conversei com a Doutora Psica.
Mas ela é uma mulher de poucas palavras. Então, basicamente só eu falei, falei, falei e ela ouviu com uma cara de quem queria na verdade rir dos meus problemas com o Lucas.
Mas ela não riu.
Às vezes, enquanto eu falo, a Doutora Psica me olha com uma cara como se estivesse lembrando de algo, se identificando com algo. Não é sempre, mas eu consigo perceber sempre que ela faz essa cara. Na história do Lucas, ela fez várias vezes. No final do meu monólogo, ela apenas disse:
"Esse Lucas... Ele sabe tudo isso que você me contou? Ele sabe como você se sente em relação a ele? Porque você me contando parece que ele pode muito bem achar que 'você só o beijou porque deu vontade e depois continuou amiga, como a Nina durona e bem resolvida de sempre, e que nunca olhou pra ele direito...', usando as suas próprias palavras. Estou errada?"
Não, está certa.
A Doutora Psica quase sempre está certa.
Ele não sabe o que se passa na minha cabeça e talvez eu não tenha dado os sinais certos. Eu sou fechada, na verdade. Um milhão de sentimentos passam por mim e eu não saio da pose. É difícil entender meus sinais.
Ou pode não ser nada disso.
Por que eu não aceito que ele possa simplesmente gostar de mim só como amiga e gostar da Ingrid mais

do que como amiga, mesmo que A MEU VER eles não tenham nada a ver?
    Não aguento mais essa história.

Beijos,
Nina

PS: Agatha resolveu que vamos ao jogo do Corinthians. Ela decidiu por nós duas, na verdade. Não tive poder de escolha. Disse que eu estou precisando desesperadamente de uma distração. Então nós vamos amanhã.
    Depois escrevo sobre esse intercâmbio de antropologia cultural.

Olá, Caderno!

Atenção, senhoras e senhores! A Agatha aprontou mais uma!

No momento em que entramos no estádio do Corinthians, com vaga VIP no estacionamento e seguranças nos levando até os lugares megaexclusivos, eu soube que tinha caído em mais uma cilada daquelas que só a minha irmã Agatha poderia proporcionar.

A arena do Corinthians inteira gritava vibrante em coro "GLADIADOR, GLADIADOR, GLADIADOR!" E pronto, a Agatha já tinha sua nova paixão: Gladiador, o jogador do Corinthians que veio da Bolívia.

Qual é o problema da Agatha com latinos, meu Deus?

"Então, Nina, na verdade fiquei com medo de te contar. Eu sabia que você não ia querer vir junto comigo, mas eu meio que menti. Não ganhei os ingressos do diretor da série, eu ganhei do Gladiador, jogador do Corinthians, que tá meio que apaixonado por mim. E é isso. Vamos entrar? Quer pipoca? Cachorro-quente? Vodca? Brigada por ter vindo comigo! UHUL! Vai ser ótimo."

Eu quis matar a minha irmã.

Ela falou de futebol a semana inteira. Conhecendo bem essa figura, eu devia ter desconfiado que tinha macho no meio.

No lugar VIP, todo mundo parecia importante ou famoso ou rico ou importante, famoso e rico. E deviam ser mesmo.

Já que a comida era de graça, peguei logo tudo de uma vez. Aproveitei que não tinha a menor chance de encontrar alguém conhecido. Mandei uma selfie com cachorro-quente, pipoca, refri e uma carinha de beijo pro Cadu e sentei no meu lugar. A Agatha fez o sinal da cruz antes do jogo começar.

Agora, além de torcedora da Gaviões, tinha virado religiosa. Alguém segura essa menina, porque senti cheiro de problema.

O jogo começou e fiquei olhando para os lados, vendo todos aqueles marmanjos moleques, pais de família, senhores com a camiseta do time chorando, vibrando, vestidos da cabeça aos pés com uniformes megacaros e até bichinhos de pelúcia. Sim, bichinhos de pelúcia.

E depois falam mal da gente que é fã de boy bands e Justin Bieber.

Pelo menos nós temos 17 anos e não 47.

Nossa desculpa é que somos adolescentes com o cérebro em formação e cheias de hormônios e frequentemente manipuladas pela mídia. E que eles são extremamente gatos.

E qual é a desculpa desse povo fã de futebol?

Adultos são realmente uma piada.

Teve um momento que percebi uma tensão na arquibancada, e pelos meus conhecimentos vagos de futebol algo estava prestes a acontecer. A Agatha levantou do meu lado olhando fixamente pro campo, seguida de todas as pessoas em volta. Foi quando o Gladiador chutou a bola direto pro gol sem dificuldade nenhuma. Com todo mundo gritando e comemorando, admito que até eu fiquei meio emocionada, a energia foi contagiante. Dei uma puladinha tímida, de leve, e vi a minha irmã chorando. Quando olhei pro campo, o Gladiador fazia um sinal de "A" com as mãos e apontava pro lugar que a gente estava sentada. Oi?

Sim, aparentemente um jogador de futebol extremamente famoso e bem-sucedido estava dedicando o gol pra minha irmã Agatha.

Seria esse o começo de um desastre?

Nem quis pensar nisso, a vibe tava tão legal e a Agatha, tão feliz que só a abracei enquanto ela pulava. Pensei "Tomara que namorem e que ele consiga pra mim ingressos de todos os shows que tiverem em estádios".

Depois desse gol o jogo ficou meio parado. Quer dizer, parado pra mim. Se não tem gol o jogo é parado, não?

Quase no final, quando vi que nosso Timão do coração ia ganhar, peguei meu celular pra postar uma foto da partida e mostrar como sou eclética.

Quando eu abri o Instagram, meu coração parou.

O juiz apitou e o jogo chegou ao fim.

As pessoas gritavam olhando o estádio.

Eu gritava olhando a tela do meu celular.

O Gladiador corria pelo campo comemorando.

A Agatha chorava de felicidade apaixonada.

Eu sentava na cadeira e chorava de tristeza.

O Corinthians foi campeão de alguma coisa.

Eu fui a maior loser da história.

Lucas e Ingrid estavam mesmo juntos, e o Instagram não mentia.

Na foto de alguém da minha sala, em algum churrasco do terceiro ano para que obviamente não fui convidada, eu vi os dois lá no fundo, o meu Nerd com a usurpadora. Ele com o braço em volta dela. Os dois sorrindo. A localização estava marcada e pensei em ir até lá e acabar com a felicidade de todos. Mas pra quê? A louca ia ser eu, como sempre.

    Entrei no carro e pedi pra Agatha me levar pra casa.

Ela foi jantar com o Gladiador.

Eu vim curtir mais uma fossa pra minha coleção.

Que saco.

Beijos,
Nina

Olá, Caderno!

Status: Oficialmente confusa.
Ok.
Cheguei ao colégio preparada pra ver o novo casal do terror, o Lucas e a Ingrid, mas não foi bem isso que aconteceu. Na verdade, não foi nada disso que aconteceu. A Ingrid ficou o dia inteiro com as amigas e ele ficou o recreio inteiro comigo.
Sim, comigo.
Estranho.
O Cadu estava acabando um trabalho nosso que ele tinha esquecido de fazer (e que eu nunca faço, porque ele sempre faz), o Biel devia estar jogando vôlei ou se pegando escondido com a prof. de Inglês, então eu fiquei sozinha na mesa em que a gente sempre senta, comendo o meu lanche de peito de peru com tomate e orégano.
Nesse momento, alguém senta ao meu lado e, quando me viro, vejo que esse alguém é nada mais nada menos do que o meu amor nerd Lucas.
E ele foi legal.
Legal demais até.
Disse que tinha descoberto uma banda em um site de jogos e lembrou muito de mim, e aí ficamos ouvindo a banda. (Por sinal bem boa, e que eu já conhecia, mas fingi que não, só pra ver ele ser fofo e me explicar tudo a respeito, mesmo sabendo que ele errou a pronúncia do nome e a nacionalidade do vocalista.)
Ai, como eu amo esse homem!!!
Ops, menino.

Vi a Ingrid na fila da cantina e pensei "Ele jamais estaria aqui comigo o recreio inteiro com ela logo ali do lado se eles estivessem mesmo juntos..."
Jamais.
E, acredite, eu prestei muita atenção. Eles nem sequer se olharam durante o recreio, ou seja, a chance de realmente estarem juntos é bem baixa.

Contei pro Cadu na aula seguinte e ele disse que a Ingrid voltou a dar mole pra ele, curtindo fotos antigas no Instagram do Cadu e pedindo pra ele fazer fotos dela.
Hummmmm, suspeito.
Como eu imaginava, foi apenas uma quedinha entre os dois e não um amor intenso e duradouro baseado em fatos como o meu.
Como é bom estar certa sempre.

Beijos,
Nina

Olá, Caderno!

O mundo tá engraçado.

A Agatha falou que tem várias amigas que agora usam aqueles aplicativos de encontros. Tipo que você dá like numa foto e basicamente sai com estranhos.

Falei que isso era um absurdo, que todo o conceito era um absurdo, que a vida não era assim, que sair com estranhos era perigoso e que esses aplicativos pareciam um catálogo de pessoas. Mas ela disse que a Marcela (amiga dela do prédio que a gente conhece desde sempre e que tem um olho de cada cor tipo aquele cachorro da Sibéria) encontrou pelo aplicativo um cara que ela ficou em Nova York faz meses e que agora eles estão saindo, então no caso dela não era um completo estranho, foi uma oportunidade de achar o cara dos sonhos.

Hum.

Acho que seria mais fácil se ela tivesse pedido o telefone dele, né?

Em que ano essa menina vive?

Tudo isso me fez pensar que eu nunca estive em um date.

Ninguém que eu conhecesse pouco, ou que eu não conhecesse, me chamou pra sair, tipo nos filmes e séries.

Quer dizer, mentira.

No começo do ano um menino bem gatinho que conheci pelo Instagram e que era amigo do Biel (então eu sabia que não era um assassino. Mais ou menos, né? Acho que nunca dá pra ter certeza quando alguém é um assassino) me chamou pra jantar, tipo um encontro, e eu nunca respondi. Pensei em ir. Pensei que poderia ser legal conhecer pessoas novas.

Mas não consegui.

Eu não quis.

Mas eu queria querer.

A verdade é que tenho medo de sair pra jantar com um cara que eu mal conheço... E se a gente ficar sem assunto? E se o silêncio da falta de assunto for constrangedor demais e a gente não conseguir disfarçar? E se eu descobrir que na verdade ele não tem nada a ver comigo? E se ele não rir das minhas piadas e eu ficar com cara de idiota? E se ele não gostar de chihuahua? E se ele odiar o tipo de música que eu amo? E se ele for de direita? E se ele for inteligente demais e eu não conseguir acompanhar? E se no final ele tentar me beijar de maneira desengonçada e eu não quiser de jeito nenhum? E o clima depois que eu neguei o beijo?

NINGUÉM ENSINA ISSO NAS MATÉRIAS DE REVISTAS DE ADOLESCENTE.

As pessoas vão em encontros hoje em dia?

Será que é tipo uma entrevista de emprego?

Bom, eu nunca fui a uma entrevista de emprego, então não saberia a diferença.

Além de todas essas coisas constrangedoras que podem acontecer quando você sai com uma pessoa que mal conhece, tem o pior de tudo... e que a maioria das pessoas normais não pensa, mas eu que sou uma garota ligeira e extremamente precavida sempre penso:

E se der certo? E se ele for melhor do que imaginei? E se nosso assunto não acabar? E se parecer supernatural ficar horas ao lado dele? E se ele rir de todas as minhas piadas? E se ele me contar sobre os chihuahuas que a família tem e sobre o amor secreto dele por chihuahuas? E se ele estiver extremamente bem-vestido? E se ele me perguntar se eu quero sair de novo? E se a gente se apaixonar? E se a gente namorar? E se eu nunca amei assim? E se tudo começar a dar errado depois disso? E se ele repensar e vir que o melhor não é ter um relacionamento na nossa idade e profissão? E se eu ficar machucada pra sempre? E se ele me superar em duas semanas com uma menina chamada Giovana e que entende mais de música do que eu? E se ele começar a postar declarações de amor pra Giovana no Instagram melhores que as que um dia ele postou pra mim? E se eu não superar?

EU NÃO QUERO SAIR COM NINGUÉM.

Não vale a pena.

Decidi.

É isso.

Não vou.

Quietinha em casa eu tô de boa e ninguém consegue ferrar com o meu coração.

Então, se alguém me convidar, vou continuar mentindo.

Um brinde à minha maturidade!

Beijos,
Nina

Olá, Caderno!

História. Mais. Engraçada. Da. Vida.

É incrivelmente engraçado namorar uma pessoa famosa.

Quer dizer, é incrivelmente engraçado conviver com uma pessoa que namora uma pessoa famosa.

Estávamos a Agatha e eu com o seu mais novo namorado: o Gladiador. Ok, vamos tentar não julgar a minha irmã pela velocidade com que ela começa a namorar, juro que estou tentando fazer isso faz anos.

Voltando, estávamos nós três tomando um sorvete (óbvio que deixei ele pagar, ele é milionário) quando um menino veio tremendo pedir fotos. Outros meninos mais velhos viram e vieram pedir autógrafos nas camisetas. A atendente viu e quase começou a chorar ligando pro namorado e pedindo pro coitado do Gladiador, que estava apenas tomando um sorvete como qualquer outra pessoa ali, falar com ele no telefone. E não era falar no telefone rapidinho, era falar no telefone por minutos, vários minutos, porque parece que ele era um torcedor que se julgava superespecial porque já tinha encontrado o ídolo antes em alguns jogos e queria saber se ele lembrava.

De todas as vezes.

Todas.

Que o Gladiador.

Encontrou uma pessoa.

Que diz que é fã.

Gente, eu falo que esse povo fã é tudo doido. Como o cara vai lembrar de alguém que conheceu faz meses, que diz ser fã, sendo que todos os dias que sai na rua ele encontra pelo menos umas vinte pessoas que dizem que são fãs? Sem falar em dia de jogo que o estádio inteiro (ou metade) é fã dele. Ou nos dias que ele aparece em algum programa de TV.

E, seguindo essa linha de pensamento, não dá pra acreditar que um homem adulto ainda pergunta "Lembra de mim?"

Vamos trabalhar um pouco mais com a noção, não é mesmo?

Enfim, ainda bem que não sou famosa.

Depois desse passeio peculiar que acabou virando um tumulto, voltamos pra casa, já tinha escurecido. Entramos com o carro dele (um puta carro que parece uma nave espacial, e olha que eu nem ligo pra carros e o único que conheço é o New Beetle) na garagem e subimos no elevador. Logo que pisamos em casa o interfone tocou e era o Seu Digimon com uma voz supernervosa, meio gaguejando.

Seu Digimon: Menina, menina, eh, tá tudo bem?

Eu: Sim... claro, por quê?

Seu Digimon: Eu sei que vocês estão com problemas e eu posso ajudar, se você está sendo mantida como refém é só me falar o número "oitenta e cinco".

Eu: Oitenta e cinco?

Seu Digimon: Eu sabia! Eu vou ligar agora pra polícia, fiquem calmas, esse homem não vai sair impune!

Eu: Polícia? Não! Calma, oitenta e cinco? Eu só repeti porque achei engraçado, é um tipo de código?

Seu Digimon: Menina, é o nosso código quando alguém é sequestrado, eu vi o homem com vocês no elevador! Fica calma que eu vou ajudar!

Eu: Não, Seu Gideon, você entendeu tudo errado, tá tudo bem, não precisa chamar a polícia, ele é nosso amigo. Ele só é um pouco alto e tatuado e forte e tem cara de mau, mas na verdade parece bem bonzinho e inofensivo. Então, fica calmo, tá? Não precisa de "oitenta e cinco". Câmbio, desligo.

Dá pra acreditar que o Seu Digimon não reconheceu o Gladiador e ainda quase chamou a polícia porque achou que a gente tava sendo sequestrada?

Isso é que eu chamo de julgar alguém pela aparência.

Claro que não contei na hora pra eles, né? Ia ficar meio chato falar "Ô, cunhado, olha que história, quase chamaram a polícia pra te prender porque você tem uma cara bizarra de mafioso do mal e porque você tem o dobro do tamanho da minha irmã e isso pareceu inadequado pro porteiro. Hahaha! Quer uma água?"

Mas depois contei pra Agatha e rimos muito.

E claro que até o Seu Digimon pediu uma foto com ele.

Acho que a Agatha tá se divertindo, sabia? Tá levando as coisas de uma maneira mais leve, aproveitando o momento e não sendo a barraqueira do namoro que ela sempre é.

Espero que eu esteja certa.

O Biel tá estranho esses dias, vou lá no quarto dele ver se ele quer conversar.

Beijos,
Nina

Olá, Caderno!

Estou começando a achar que eu realmente sempre entendo tudo errado.

Hoje, de novo, o Lucas, meu Nerd, grudou em mim o dia todo.

O dia todo.

E, sim, a Ingrid estava na escola também, eles fizeram a dupla do livro na aula de Literatura. Mesmo assim ele preferiu ficar comigo no recreio. E na saída.

Conversamos sobre tudo, sobre um livro que ele me emprestou e que eu não devolvi até hoje, sobre o namoro da minha irmã com um ídolo de futebol, sobre a conjuntivite do nosso colega de classe que ele tava com medo de pegar porque pegou uma lapiseira dele, sobre Física Quântica (que eu sabia tudo a respeito, tudo mesmo, porque eu vi que ele se interessava e estudei bastante pra impressionar – se eu fosse o meu Nerd eu casava comigo) e sobre a menina solitária da cantina que nenhum de nós sabe o nome.

Foi uma boa conversa.

Aliás, ele meio que me chamou pra sair.

Ok, ele não me chamou pra sair, mas acho que na linguagem dos nerds foi quase isso. Ele me perguntou no recreio se eu ia à festa da Bia no fim de semana. Engraçado que agora ele é convidado pra todas as festas, né?

CULPA MINHA. Cof, cof.

E eu disse que não sabia... Claro que eu falei que não sabia, mas agora que eu sei que ele vai e que ele me perguntou se eu ia, eu vou.

Já sei até meu look.

Já sei até os cílios postiços e o perfume que eu vou usar.

O Cadu me falou depois que na saída ele viu o Lucas indo conversar com a Ingrid também, mas acho que é mentira.

Intriga da oposição.

Não, mentira, porque o Cadu não mente, mas acho que ele deve ter ido só falar do livro mesmo. Eu sou experiente e sei quando um menino está falando em tom de paquera, e ele está falando em tom de paquera comigo, e meninos como ele não fazem isso se estão namorando. Ou namorandinho. Ou ficando. Ou apaixonados por outra.

O Cadu me disse que vai nessa festa porque tá a fim de alguém que eu já esqueci o nome porque não achei interessante quando ele falou. Então, marcamos de ir juntos.

O Biel continua megaesquisito e fugiu de mim e do Cadu hoje na escola, depois de escapar da nossa conversa de ontem. E não veio pra casa pra almoçar.

Estranho.

Beijos,
Nina

Olá, Caderno!

O meu irmão está doente.
Nunca pensei que fosse ver o Biel sofrendo por amor.
Mas hoje eu vi.
Com esses olhos.
Que a terra há de comer. (Que horror essa frase, né? Eu ouvi na reprise do *Rei do Gado*.)
Mas a situação é tensa. Acho que nunca conversei assim com o meu irmão. Geralmente, sou eu chorando e ele me dando conselhos. Afinal, sou três minutos mais nova, menos experiente e mais burra. Só que, dessa vez, vi meu irmão como um menininho assustado do quinto ano. Parece que, de tanto que fez de tontas as meninas nos últimos anos, ele não se preparou pro caso de realmente gostar de alguém.
Ele não faz ideia de como lidar com esse sentimento.
Carma?
Carma is a bitch.

A professora de Inglês não fala com ele direito faz alguns dias. Disse que precisava pensar sobre o que ela queria e sobre o futuro.
Ou seja, simplificando, na nossa língua isso quer dizer que talvez não esteja mais a fim dele. Quer terminar gradativamente de uma maneira que não saia de vilã, mas como se ela tivesse pensado bastante e tomado uma decisão muito difícil pensando nos dois.
Já fiz isso, querida, você pode enganar o despreparado emocionalmente do meu irmão, mas a mim não.

Não disse isso na cara dele pra não ser grossa e insensível (eu sou, descobri conversando com a Doutora Psica, mas estou tentando mudar), falei que talvez ela realmente esteja confusa em relação à diferença de idade (mentira, se ela gostasse mesmo dele estaria pouco se ferrando, pois não é tão mais velha assim), e que sendo realista isso poderia, sim, ser um impedimento pra relação continuar (obviamente, como todos sabiam), e que mais cedo ou mais tarde a idade iria pesar pra ele também. (Na verdade não, porque ele é uma criança perto dela e provavelmente ia ficar cada vez mais apaixonado pela mulher madura que ela é, e mais desesperado com a ideia de perdê-la e ser obrigado a voltar a ficar com meninas desinteressantes e emocionalmente instáveis como a irmã mais nova dele que vos fala.)

Ou seja, foi uma conversa em que eu não disse a verdade, mas fui legal e sensível!

Ponto pra mim!

Confesso que ver meu irmão com aquela cara de quase choro que eu não via há anos foi bem estranho e bem triste, então decidi arrastá-lo pra festa no fim de semana comigo custe o que custar.

Amo tanto esse garoto.

Por mim, eu iria agora mesmo dar uma surra nessa professorinha de araque. Mas a agressividade é outro problema que faz parte do meu passado.

Falando nisso, te contei que comecei a meditar? Sou muito zen.

Beijos,
Nina

Olá, Caderno!

Sou a rainha da meditação.

Beijos,
Nina

Olá, Caderno!

Às vezes eu me sinto uma farsa.

Cheguei em casa agora da festa da Bia (garota da minha sala que o pai político foi preso no começo do ano e tem uma puta casona, provavelmente construída com o nosso dinheiro, enfim, informação inútil pro momento). Eu me senti muito mal lá.

Sem fazer draminha dessa vez, sem exagerar, eu me senti mal comigo mesma.

Triste.

Tão mal e tão triste que resolvi voltar pra casa mais cedo sem avisar a ninguém, nem ao Cadu. Simplesmente pedi um táxi e saí no meio da festa.

Sabe quando você sente um vazio inexplicável?

Mesmo ao lado dos amigos?

Mesmo com música realmente boa tocando?

Mesmo com a sua roupa favorita e o seu cabelo num dia bom e os cílios postiços colocados com calma e uma pequena dose de qualquer bebida doce que me deixasse mais animada?

Mesmo assim eu me senti sozinha naquele lugar, e saiba que isso não acontece com muita frequência comigo... Não sou do tipo insegura.

Mas me senti assim hoje.

Me senti sozinha.

Sozinha comigo mesma, com os meus pensamentos, com meus medos, no meio de uma festa. Não podia ter tido essa crise em casa de boa? Tinha que ser lá pra eu me sentir ainda pior?

Eu já estava estranha, mas piorou quando vi a Ingrid e o Nerd chegando juntos no carro do pai dele. Eu não imaginava isso agora, e eu meio que sou a responsável por esse casal desastroso existir. Eu mostrei para aquela modelete que o Nerd valia a pena beijando ele na frente da escola inteira (e deixando todos em choque), eu mostrei o potencial dele. Pra quê? Pra perder pra ela.

HELLO, quando eu fui me enfiar nessa situação de gostar do Nerd magrelo que sempre pagou pau pra mim e que eu nunca liguei? Quando eu decidi que isso seria uma opção saudável?

Não foi saudável e acabou com a minha autoestima quase inabalável.

Mesmo.

Porque, analisando friamente, isto sempre acontece comigo: Eu nunca sou a namorada. Eu sou sempre a menina antes da namorada, a menina legal demais que tem opinião sobre as coisas e sabe falar sobre videogame e fazer piadas, mas que na hora de namorar é mais fácil a mais burra e bonita e sem tanta opinião.

Talvez eu esteja generalizando e falando bosta? Talvez eu esteja generalizando e falando bosta! Faço isso com bastante frequência, na verdade. Mas tô meio de saco cheio de ser só a garota legal antes da namorada. Queria uma vez na vida poder ser a namorada, só pra variar...

Quando vi a Ingrid e o Lucas de casal na frente de todo mundo, senti como se eu tivesse levado uma facada na barriga. E eu tonta sem nem desconfiar que era algo sério a semana toda.

Foi uma facada!

Não que eu saiba como é levar uma facada na barriga, mas deve ser tipo assim. Não conseguia respirar e nem fingir que estava tudo bem, minha cara doía de tentar sorrir e de tanto virar o pescoço pra mostrar que não estava olhando pra eles o tempo inteiro, quando obviamente estava. Na verdade, eu fiquei meio obcecada em olhar pra eles, em observar como interagiam. Ela com a mão nas costas dele, ele todo babão rindo do que ela falava.

Eu queria vomitar.

De novo.

Tô começando a achar que eu vomito muito.

Tenho que ver isso aí.

Mas essa situação só me faz pensar cada vez mais que tem pessoas que não nasceram pra ser bem-sucedidas no amor, parece que eu vou ser só bem-sucedida no trabalho ou comigo mesma.

Minha mãe sempre fala que primeiro de tudo temos que ser bem-sucedidas com a gente.

Depois de muitas trocas de olhares e algumas cervejas (que eu odeio), e de ver o Biel quase chorando e enchendo a cara pra esquecer o quase namoro, e de ver o Cadu dançando forró com a professora substituta de espanhol (não, mais uma professora, não, Deus!), resolvi ir pra casa sozinha. Sozinha mesmo, coisa que nunca faço. Eu me senti estupidamente crescida, e no meio deste momento de crescimento comecei a perceber que eu não tinha ninguém pensando em mim, ninguém apaixonado por mim, ninguém pra me mandar uma mensagem carinhosa, pra querer a minha companhia.

Isso nunca me incomodou, nunca mesmo, então por que agora?

Será só orgulho ferido?

Será que estou completamente apaixonada pelo Nerd?

Será que sou doente e preciso ser estudada por algum tipo de clínica?

Será que sou instável igual à Agatha?

Será que estou fazendo um drama fora do comum?

Será que tenho que entender que nem todas as pessoas por quem eu fico obcecada vão gostar de mim de verdade?

Será que perseguir garotos pra sentir que minha vida é emocionante já passou dos limites?

Muitas perguntas e nenhuma resposta.

Só te digo uma coisa, Caderno:

Tá fácil, não. Crescer dói.

Sem beijos hoje,
Nina

Olá, Caderno!

Nossa, uma semana sem escrever aqui. Estou com preguiça, então vou escrever em tópicos os acontecimentos mais marcantes:

1 – O Gladiador está morando na nossa casa. Praticamente morando, ele não sai daqui e a Agatha já está até lavando as cuecas dele. Isso é estranho em vários níveis: primeiro, porque ele tem uma mansão no Morumbi e não precisa morar na cama de solteiro do quarto da minha irmã (obs: ele nunca levou a Agatha lá), e segundo, porque a minha irmã é nova demais pra lavar cuecas. Aliás, acho que ela não deveria lavar cuecas de ninguém, nem nova nem velha. Mas isso já é outra discussão.

2 – O Biel e a professora talvez tenham voltado. Ele sai escondido de madrugada e volta antes de amanhecer, tenho certeza de que ele está indo pra casa dela e não quer me contar. Não entendo por que as pessoas não querem me contar quando fazem coisa errada se eu faço coisas erradas todo dia e conto pro mundo inteiro. Outro ponto pra conversar com a Doutora Psica.

3 – O Cadu e eu decidimos que se a gente não encontrar ninguém até os 34 (a idade máxima que quero esperar pra casar), a gente casa um com o outro. Mas sem sexo. Porque seria nojento. Fiz ele assinar em um guardanapo na cantina, então agora tenho um documento oficial pra usar contra ele no tribunal caso ele não queira casar.

4 – Descolori as pontas do meu cabelo com Blondor e agora vou ter que cortá-las.

5 – Descobri que consigo digitar tanto no celular quanto no notebook sem olhar pro teclado UMA ÚNICA VEZ pelo tempo que for necessário.

6 – Agora o único acontecimento que realmente me importa e que eu estava enrolando pra escrever... O Lucas e eu conversamos na escola. Ele está mesmo namorando a Ingrid. Falou que eles se conhecem do prédio desde crianças, são meio vizinhos, e que ele sempre gostou dela. E quando eu comecei a reparar nele, isso mexeu com a cabeça dele porque ele gosta de mim, do nosso papo, do nosso humor, do nosso beijo (que foram poucos, mas superintensos e eu mandei megabem), mas que na mesma semana a Ingrid se declarou pra ele. E eu nunca me declarei.

Resumindo: Ele achou que eu via ele apenas como amigo e que o beijo foi só um beijo pra mim.
E por isso eu perdi.
Doutora Psica amou jogar isso na minha cara com aquele olhar de psicóloga do mal. Claro que ela não jogou nada na minha cara, seria contra a ética dos psicólogos, mas foi quase como se jogasse.
E foi isso.
O telefone tá tocando. É meu pai no FaceTime, que saudade dele.
Vou atender.

Beijos,
Nina

Olá, Caderno!

O casamento dos pais do Cadu está chegando!

E, se depender de mim, vai ser o casamento mais minúsculo e mais lindo da história do planeta Terra!

E vai depender de mim.

Tipo literalmente.

Hoje, depois da Doutora Psica, eu fui direto pra casa do Cadu porque era noite da pizza. Chegando lá, enquanto o Téo e o Joaquim estavam cozinhando, o Cadu e eu ficamos fuçando nos preparativos do casamento que estavam em cima da mesa, e eu comecei a me animar. Gosto de organizar coisas que não sejam o meu quarto e a minha vida, coisas tipo "eventos", e o Cadu também. Então começamos a ter várias ideias olhando as fotos do local (um templo budista, eles não são budistas, eu acho, mas são espiritualizados).

Pensei que no lugar da cerimônia poderiam ter várias fotos do Cadu em preto e branco que ele tirou dos pais nos últimos anos. Pensei que eu poderia fazer arranjos de flores pendurados junto com as fotos, e ainda que eu poderia fazer os meus bolinhos pra cada chacra do corpo que aprendi na internet. Tive ideia das cores, da música e da nossa banda tocar! O Cadu pensou em chamar um amigo nosso que toca gaita extremamente bem e uma amiga dele que decora fotos de Polaroid pintando à mão na hora como lembrança pros convidados. A gente teve tantas ideias e estávamos falando tão alto e tão animados que quando a pizza ficou pronta, eles olharam pras nossas carinhas sorridentes, olharam um para o outro e falaram:

"Decidimos que vocês dois vão organizar o casamento. Nos surpreendam."

EU AMO O TÉO E O JOAQUIM!

Quem mais daria o casamento nas mãos de dois adolescentes completamente despreparados e altamente distraíveis como nós?

Decidi que ia ser o meu melhor projeto.

Eu vou canalizar toda a minha energia, que usei o ano todo pra perseguir meus paqueras, neste casamento, e vai ser mágico.

A Doutora Psica vai amar que eu tenha uma distração!

Agora estou separando as fotos que vamos usar com o Cadu e pesquisando lojas de flores.

A Agatha ia amar participar se não estivesse ocupada namorando.

E o Biel também ia... Não, ele não ia amar, mas eu o obrigaria.

Beijos,
Nina Casamenteira

Olá, Caderno!

O meu irmão teve um surto.
Logo ele, o único que achei que tinha salvação na família.
Errei feio.
Errei rude.
Estávamos nós na escola hoje mais cedo quando de repente presencio as seguintes cenas:
Cena 1 – O Biel chorando bêbado na primeira aula. Sim, ele CHOROU (talvez só o Cadu e eu tenhamos reparado, porque foi um choro contido e não um superchoro, mas foi um choro!). E, sim, ele BEBEU ÀS OITO HORAS DA MANHÃ! Isso já caracteriza alcoolismo?

Cena 2 – O Cadu levando o Biel pra fora da sala antes que alguém reparasse que ele tinha bebido, ou pior, que ele estava chorando. Enquanto meu irmão implorava pra sair do corredor do colégio porque podíamos encontrar a professora de Inglês, vulgo ex dele.

Cena 3 – Eu pegando o celular dele que caiu no chão e vendo que ele fez vinte e uma chamadas não atendidas pra professora de Inglês (não sei por que não a chamo pelo nome nunca. Tudo bem, voltemos ao foco das vinte e uma ligações.) ELE LIGOU VINTE E UMA VEZES PRA EX SEM NENHUM TIPO DE RESPOSTA. Quem é essa pessoa emocionalmente doente e o que ela fez com o meu irmão?!

Cena 4 – O Lucas saindo da sala pra me perguntar se estava tudo bem. Fofo, né? Quase esqueci que ele namora a Ingrid e ela me odeia. Dei um perdido nele falando que o meu irmão tava passando mal no banheiro, pra não expor o Biel, né? Geralmente eu exponho as pessoas, então estou me policiando.

Cena 5 – Eu sozinha no banheiro masculino conversando com o meu irmão. A vida é engraçada. Pela primeira vez consegui ver nossos papéis invertidos. E eu me senti bem. Bem em poder ajudar uma das pessoas que mais amo no mundo com experiências que eu já vivi, com inseguranças que eu já tive e surtos que eu já dei. Meio que faz tudo ter sentido, uma razão de acontecer. E eu não me sinto louca sozinha.

Tô com preguiça de escrever aqui a conversa inteira com o Biel, mas você estaria orgulhoso, Caderno.

Você e a Doutora Psica.

(Mas a Doutora Psica não ficaria nem um pouco feliz em saber que eu escrevo e falo com você como se você fosse uma pessoa.)

O Biel se acalmou depois disso.

Acho que ele lembrou de todas as vezes que me viu desse jeito e passou.

Porque passa mesmo.

A primeira vez que a gente sofre por alguém dói, dói muito, parece que era a sua única chance de amar e de ser feliz e que nunca, NUNCA mais você vai viver isso de novo.

Eu vivo isso a cada segundo.

Me apaixono quase todo dia.

E tô superviva e feliz.

A gente cresce e aprende a dar o devido peso e valor às pessoas e aos sentimentos.

Ou não também... Eu sou uma pirralha e não sei nada da vida.

Mas que o meu monólogo no banheiro masculino ajudou o meu irmão, ajudou.

(Isso e o fato da professora de Inglês ter faltado hoje. Espero que o celular dela tenha caído na privada e que ela nunca tenha visto as vinte e uma ligações.)

Missão cumprida.

Beijos,
Nina

Olá, Caderno!

O roteirista da minha vida deve estar de brincadeira.

Hoje, depois da aula, eu estava sentada sozinha esperando o Biel se resolver com a professora ex-cunhada de Inglês, quando Lucas senta do meu lado.

Detalhe: Eu vi ele falando tchau pra Ingrid, dando um selinho, e depois sentou do meu lado.

Ele tirou da mochila o livro que eu tinha emprestado pra ele, *Eram os deuses astronautas?*, sobre ETs e essas coisas estranhas que curto ler. Nem lembrava que eu tinha emprestado, na verdade. Daí tirei o fone do ouvido e falei:

Eu: Oi, nossa, nem me lembrava desse livro.

Lucas: Eu curti pra caramba. Valeu.

Eu: Magina...

Lucas: Você tá bem?

Eu: Tô... E você? *falei isso sem querer enquanto olhava pra Ingrid saindo pelo portão*

Lucas: Também. Te achei meio triste na aula esses dias.

Eu: É, eu tô, talvez. Não triste, mas fiquei meio confusa.

Lucas: Com o quê?

Eu: Com o seu lance com a Ingrid, comigo, sei lá. *tive uma súbita crise de honestidade*

Lucas: Eu nunca na minha vida imaginei que uma menina como você fosse olhar pra um cara como eu.

Eu: Eu fiz mais que olhar, né? No caso, eu te beijei na frente do terceiro ano inteiro.

Lucas: E nós nunca conversamos sobre isso direito. Eu sinceramente achei que fosse um ato de caridade pra você. Uma brincadeira de meninas descoladas.

Eu: A palavra "descolada" é muito não descolada.

Lucas: Eu sei. Eu não sou descolado.

Eu: Nem eu. E nem caridosa. Te beijei porque tava gostando de você. Talvez eu não soubesse como falar...

Lucas: É, você não soube como falar. E nem demonstrar. Até ouvir você falar isso é estranho.

Eu: É, eu sei, eu sou estranha. Eu faço terapia etc. mas nunca imaginei que o seu namoro com a Ingrid fosse mexer tanto comigo. Achei que uma vez na vida eu tava escolhendo o cara certo.

Lucas: Timing é uma merda.

Eu: É.

Lucas: E você é uma das pessoas mais incríveis que eu já conheci. Que pena eu ter sido tão inseguro. Quem sabe no futuro a vida não me dá mais uma chance.

Eu: Quem sabe.

Lucas: Quem sabe.

Eu: Preciso ir. E... você é um cara incrível também. Espero que consiga se ver assim daqui pra frente.

Então, ele me deu um abraço.
E foi um abraço de amigo. Será?!

E senti que eu queria que fosse um abraço de amigo.

Às vezes a gente inventa situações e conversas e relacionamentos que só existem na nossa cabeça. Eu faço isso muito. Sempre. Inventei um amor lindo com o Lucas sendo que ele não fazia nem ideia do meu amor lindo. De tanto medo que eu tenho de demonstrar.
Talvez se eu agisse diferente tivesse sido diferente, ou talvez a vida aconteça como tem que acontecer. Isso eu nunca vou saber.
Mas sei que foi muito bom viver essa minha história imaginária com o Lucas.
E, melhor ainda, aprender que não precisa ser imaginária da próxima vez.
Quando abri o livro, tinha um Post-it dele que dizia: "Nina, minha etzinha favorita"

Beijos,
Nina

Olá, Caderno!

Fiquei hoje duas horas e catorze minutos conversando com a Siri.

A Siri é a robô que mora no meu iPhone e que conversa comigo.

Depois dessas duas horas e catorze minutos de conversa com robôs, eu comecei a fazer as comidas pro casamento, e adivinha só?

EU SOU A MELHOR FAZEDORA DE COMIDAS PRA CASAMENTO.

Deveria me profissionalizar.

Os melhores brigadeiros em xícara que o mundo já viu!

Fui eu que inventei brigadeiros em xícara, pensei nisso porque eles amam café.

Sou muito criativa, né?

Amanhã vou pegar o meu vestido e a roupa do Cadu, vou terminar os brigadeiros e começar a fazer os cupcakes com o nome de casal dos noivos (eu inventei e é Téaquim, mistura de Téo com Joaquim, genial!). Também vou buscar as flores, vou fazer o Biel dar uma ensaiada pra tocar na banda com a gente, vou tirar o Gladiador e a Agatha do quarto pra me ajudarem, vou brigar com o cara da cerimônia por visualizar minhas mensagens no WhatsApp e não responder e ameaçar a família dele se não me mandar agora o texto que ele preparou pra falar no altar. Vou ainda fazer a sobrancelha, pintar a unha do meu dedinho do pé que saiu eeeeee... e mais alguma coisa que eu esqueci.

Seu Digimon tá chegando aqui pra me ajudar a descer com as caixas de lembrancinhas até o carro. Vou convidar ele pro casamento!

VAI. SER. O. CASAMENTO. MAIS. LINDO. DA. FACE. DA. TERRA.

Vai ter choro? Sim, vai ter choro.
Vai ter dança? Sim, dançaremos horrores.
Vai ter sobremesa deliciosa? Sim, graças a mim. De nada.
Vai ter banda arrasadora? A MINHA.
Vai ter jogador de futebol famoso dando autógrafo para os funcionários do local? Sim, bastante.
Vai ter amor? SIM, MUITO AMOR, E EU DESCOBRI QUE AMO CASAMENTOS E JÁ QUERO CASAR!

Beijos,
Nina

Olá, Caderno!

É hoje!
A minha mãe veio com a baby Val.
Tô à beira de um ataque de nervos!
Mas tá dando tudo certo.
Tirando o Biel, que não sai do quarto e tá me atrasando!

Beijos,
Nina!

PS: Meu vestido é muito gato! Queria casar com meu vestido!

Olá, Caderno!

ARRASEI NA FESTA!

Foi a minha mãe quem me ajudou a organizar as últimas coisas ontem e o melhor: passou o meu vestido. Só mães sabem passar vestidos, né? Acho que a partir do momento que vira mãe a pessoa adquire essa habilidade instantaneamente com o ferro de passar.

Depois de muita batalha, consegui arrastar o Biel pro casamento – apesar do buraco de depressão profunda em que ele se encontrava. Até porque sem o Biel não teria bateria na minha banda.

Mas tive ajuda. Nada como uma criança de 4 anos implorando pro irmão ir com ela. Sabia que ia funcionar. Tô gostando que a Val e eu agora podemos trabalhar em equipe pra conseguir o que eu quero. Inteligente essa menina.

Aliás, eu estava MORTA de saudade da minha irmã, ela está mais fofa do que nunca, naquela fase que quer contar tudo pra todo mundo. Fica o tempo todo atrás de mim falando "Nina, sabia que na escola eu sou a mais linda da sala?", minha mãe disse que ela é pior do que eu quando se trata de autoestima elevada. Essa é a minha garota!

Voltando ao casamento...

Quando chegamos, o Cadu já tinha arrumado as flores e as fotos no altar, ficou parecendo um sonho na primavera. Eu tinha levado de casa os fios de minilâmpadas, e todo mundo ajudou a colocar. O jardim do templo budista ficou muito mais lindo do que eu imaginava. Ok, é um lugar lindo sem nada, mas tenho certeza de que os meus detalhes deram um toque especial.

Sem falar nos noivos...

Eles estavam demais!

Escolheram ternos em tons pastel, um azul-claro e um bege.

Superfashionistas!

Eu nem vi o tempo passar. Já tínhamos recebido todos os convidados quando chegou a hora de subir no palco pra anunciar a cerimônia.

O Cadu chorou.

Eu chorei.

A minha mãe chorou (muito).

A baby Val chorou (de fome e de tédio).

A Agatha chorou.

O Gladiador chorou (JURO, um homem daquele tamanho).

O Biel quase chorou.

Todos os outros convidados choraram.

FOI UM SUCESSO.

Casamento bom é casamento com o povo todo chorando.

Depois do mestre de cerimônias, o Cadu subiu pra ler um texto que ele tinha escrito e aí, Caderno, vi o quanto eu realmente tenho sorte de conhecer e poder fazer parte dessa família tão especial, tão cheia de amor e de respeito, acima de tudo. Fico pensando no tipo de pai e de ser humano que o Cadu vai ser quando crescer e já me dá tanto orgulho... De verdade.

Pensei na minha família também, que tem tantos defeitos, mas ao mesmo tempo tanto amor. Vi minha mãe abraçando a Agatha, o meu irmão com a Val no colo. Eu, tonta, gravando o casamento pra mostrar pro meu pai. Por muito tempo, eu desejei que a família do Cadu fosse a minha... Mas não mais.

Quer dizer, olha que maravilhoso, eu posso ter a minha família e a dele, que me adotou, então eu devo ter mesmo muita sorte.

Cada família tem sua dinâmica, seus defeitinhos e problemas. Mas olhando agora pra minha naquele jardim, todos chorando, todos unidos, todos sorrindo, posso dizer que não a trocaria por nada nesse mundo.

Em seguida, foi a vez da nossa banda se apresentar! Desculpa a falta de modéstia, mas...

ARRASAMOS.

Tocamos de The Smiths até Beyoncé, e finalizei com a minha música que cantei no festival só pra deixar claro que não éramos uma banda de cover.

Tudo passou tão rápido que, quando acabou, senti como se o casamento fosse meu, fiquei prestando atenção em tudo e esqueci de aproveitar.

Mas valeu a pena.

Antes de irmos embora, o Téo e o Joaquim vieram me abraçar, agradeceram a ajuda e me deram um presente. Um quadro lindo que o Téo pintou de uma foto que o Cadu tirou de mim num piquenique. Gente, que presente incrível!!! Se eu já não estivesse desidratada de tanto chorar, juro que daria mais uma choradinha.

Fiquei procurando o Biel um tempão pra irmos embora, mas vi que ele estava beijando uma menina no templo.

Beijar no templo, será que pode? Será que não dá ruim?

Bom, pelo menos meu irmão voltou ao normal.

Será que um dia eu vou casar?

Beijos,
Nina

Olá, Caderno!

Minha irmã é borderline.

E a coisa mais difícil do planeta Terra é conviver com alguém com essa doença. Eu não sei se eu explico primeiro o que é ou o que ela fez dessa vez pra chegarmos à conclusão junto com um psiquiatra que ela é borderline.

Então primeiro vamos à definição que eu copiei da matéria de uma revista, chamada "Borderline: Como diagnosticar e conviver com um".

"O sinal mais evidente do transtorno de personalidade borderline é um longo histórico de instabilidade nas relações pessoais. Isto é em parte causado por emoções instáveis e impulsivas. Pessoas com transtorno de personalidade borderline (na sua maioria, mulheres) podem idolatrar alguém e, logo em seguida, odiá-lo. Como resultado, elas geralmente têm relações muito intensas com os outros.

Principais sintomas:
- *Alterações do humor ao longo do dia, variando entre momentos de euforia e de profunda tristeza;*
- *Sentimentos de raiva, desespero e pânico;*
- *Irritabilidade e ansiedade que pode provocar agressividade;*
- *Medo de ser abandonado;*
- *Impulsividade, consumo exagerado de comida, uso de substâncias (remédios, drogas, álcool) e, em alguns casos, não cumprimento de regras ou leis;*

- *Baixa autoestima;*
- *Sensação de solidão e de vazio interior.*
Os portadores deste transtorno têm medo que as emoções fujam do seu controle, demonstrando tendência a se tornar irracionais em situações de maior estresse e criando uma grande dependência dos outros para conseguir estar estáveis."

Pronto, agora posso contar o que a Agatha fez hoje.

Ela simplesmente bateu de propósito o carro de quinhentos mil reais do Gladiador contra o portão do nosso prédio, causando um estrago de quinhentos e cinco mil reais que nós obviamente não temos e provavelmente não vamos ter antes dos 37 anos.

Tudo isso porque ela descobriu que o Gladiador tem duas esposas e dois filhos e que ele escondeu tudo dela, não deixando nunca a Agatha aparecer na casa dele (ahá, eu sabia que era estranho ele preferir morar num apartamento de classe média do que numa mansão).

E ela descobriu pelo Instagram, ou seja, nem foi tão difícil.

Eu sei que é uma situação horrível, que ela foi enganada e está muito triste, muito mal e possuída pelo ritmo ragatanga, mas, PERALÁ, né? Com um carro desse não se brinca!

E outra: O que ela esperava de um jogador de futebol famoso?

Ok, generalizei.

Ok, preciso ser mais paciente e compreensiva com os sentimentos da minha irmã.

Mas, desculpa, tava meio na cara que mais cedo ou mais tarde alguma coisa ia acontecer pra acabar com esse namoro bizarro.

Quando eu acordei, a confusão já estava estabelecida, ela gritava com o celular na mão. A minha mãe tentava fazer com que ela parasse de berrar, a baby Val chorava, o Gladiador negava que tivesse feito algo errado. E cinco minutos depois a Agatha estava na garagem dentro da BMW dele com uma cara de demônia, que acho que dificilmente ele vai esquecer, batendo o carro contra o portão. Mais de uma vez.

De dentro do carro ela gritava "Eu acabo com todos os seus carros, querido!!! Você ainda não viu nada!!!! Eu não tenho medo de você e do seu dinheiro!!!"

EU TENHO MEDO DELE E DO DINHEIRO DELE.

A minha irmã é realmente borderline!

Ainda bem que a minha mãe ainda estava lá em casa quando rolou todo esse circo, e pôde conversar com o Gladiador, com a calma que só ela tem, por uns vinte minutos na garagem. Quando ele voltou ao apartamento, pediu desculpas pra Agatha e foi embora com o carro todo destruído. Ainda deixou um cheque pro Seu Digimon consertar o portão.

Que anjo.

Tirando a parte das duas mulheres, dos filhos, da traição, mentiras e tal.

E eu achando que hoje seria um dia calmo.

Beijos,
Nina

PS: Como se não bastasse a irmã borderline, a minha banda é relapsa e tive de resolver absolutamente tudo sozinha pro nosso show de Campinas. Sim, confesso que já tinha até esquecido, odeio quando marco coisas pra datas muito distantes, mas, enfim, tô correndo com o nosso ensaio e o setlist pro show de amanhã.

Olá, Caderno!

Youtubers me irritam.
Ok, não todos.
Antes que você me pergunte o porquê:
A Ana Paula do meu Inglês virou youtuber.
Eu sei que a essa altura você já deve estar cansado de ouvir sobre a Ana Paula e sobre o meu ódio quase gratuito da Ana Paula e sobre como eu não consigo amadurecer e deixar isso pra lá e me preocupar somente com a minha própria vida e não com as escolhas alheias. Eu sei, Caderno. Posso sentir seu julgamento. Posso ouvir você falando "Cresce, menina!". E sabe o pior? Talvez, lá no fundo, no fundo mesmo, eu concorde com você.
Mas...
MAS EU NÃO CONSIGO, É MAIS FORTE DO QUE EU!
Os vídeos do canal do YouTube são sobre a unha dela, sobre os poros dela, sobre as almofadas da cama dela, sobre a menstruação dela, sobre a penteadeira (feia) dela, sobre ela, sobre o cabelo completamente sem graça dela, sobre o pai dela, o gato caro dela e a falta de inteligência dela. Tem erros bizarros de português em todos os vídeos. Ela deveria ser presa, isso é um desfavor à sociedade.
E OUTRA: QUEM QUER SABER SOBRE ESSAS COISAS IDIOTAS DE UMA PESSOA CHATA IGUAL A ELA?!
É o show de egocentrismo da Ana Paula, e sabe o que é pior?

TEM MUITAS VISUALIZAÇÕES.
Tipo muitas mesmo.
O que me deixa triste, porque mostra que os adolescentes ficam cada vez mais retardados assistindo a pessoas retardadas serem retardadas.
Gosto de alguns canais de YouTube, na verdade... Tem pessoas bem incríveis produzindo um conteúdo legal.
Mas o da Ana Paula ninguém merece.

Ai, Jesus, tenho que voltar a fazer meditação.
Não aguento mais odiar essa menina.

Beijos,
Nina

Olá, Caderno!

SHOW. DE. CAMPINAS.

Olá, Caderno!

Você não iria acreditar no que aconteceu nem em um milhão de anos: A Vanessa salvou a nossa noite.

A Vanessa é a nossa professora de Inglês, a minha ex-quase cunhada, ex-quase namorada do Biel. Resolvi chamá-la pelo nome pela primeira vez neste Caderno porque agora ela realmente mereceu.

Mas antes...

Fomos pra Campinas eu, a Agatha, o Biel e o Cadu. De perua escolar. Sim, porque o passeio teoricamente era da escola. E a Agatha, que é maior de idade, foi a nossa acompanhante (definitivamente não conhecem a Agatha pra aceitar um negócio desses).

Chegamos cedo e fomos direto almoçar. Entãããão tive a brilhante ideia de baixarmos aqueles aplicativos de relacionamentos, que eu esqueci o nome, pra convidar o maior número de pessoas possível pro show à noite. Um show que provavelmente estaria vazio, afinal não conhecíamos ninguém em Campinas. Descobrimos que a Agatha era a rainha desse tipo de aplicativo porque qualquer cara, de qualquer estilo e idade, dava match nela, e ela chamou todos, TODOS, pra um encontro hoje no local e hora do nosso show. Cadu e Biel fizeram a mesma coisa, cada um chamou umas dez meninas.

E eu não, porque sou muito exigente e meu like vale ouro.

Mas a ideia foi ótima, não?

Principalmente pros meninos que, em cima do palco, ficaram livres de qualquer contato imediato com as meninas que convidaram. Livres de qualquer saia justa.

Já pra Agatha foi um pouco mais complicado...
Mas a princípio foi um bom plano.
Após o almoço, fomos pro lugar do show e, sinceramente, não sei se posso chamar aquilo de "lugar".
Era meio que um buraco.
Buraco seria mais adequado.
Chamava "Cerveja Rosa".
Meu pai (sim, tive que contar pro meu pai, não sei mentir) falou pra gente se cuidar, porque parecia nome de casa de prostituição, mas eu averiguei e era só um nome ruim mesmo.
O dono do bar se chamava Thiago e mais parecia um mafioso vestido de maneira terrivelmente ruim. E quando ele foi falar "Oi", cuspiu sem querer na minha cara.
Sabe quando voam umas gotas de cuspe?
Foi bem nojento.
Aí a Agatha falou no meu ouvido "Conheço esse cara de algum lugar", pegou o celular e lá estava ele na lista de matchs do aplicativo de paquera da minha irmã.
ELA DEU LIKE NO MAFIOSO CUSPIDOR e não sabíamos se ele tinha reconhecido ela ou não!
Ok, isso foi estranho.
Voltando à história que realmente importa.
Seguimos correndo pro camarim tentando esconder a Agatha do dono do lugar. Eu não saberia dizer se era camarim ou banheiro. Tinha pia, privada sem porta

e uma sala do tamanho do closet do quarto da minha irmã. Ah, e duas cadeiras.

Peculiar.

Ou como diria a Agatha: "Alternativo e raro."

O Cadu e o Biel fizeram um milhão de fotos do nosso "camarim", obviamente, sentados na privada fazendo joinha com a legenda #NossaTurnê. Eu não participei desse "momento vamos rir da desgraça da Nina" porque estava ocupada demais espiando pelo palco pra ver se o show ia lotar com todos os nossos *dates*.

E não é que arrasamos?!

Quer dizer, não estava lotado, mas tava super ok.

Tipo, nem cheio nem vazio.

Antes de subir ao palco avistei a minha irmã dando em cima do dono mafioso da balada.

SIM, acho que foi só porque ele tinha dinheiro. O Biel descobriu que ele é um dos caras mais ricos de São Paulo.

Isso é a cara da Agatha.

Não querendo dizer que minha irmã é interesseira, mas ela meio que é interesseira.

Fui cruel? Ok, então vamos dizer que dinheiro pra ela é interessante.

Cantamos cinco músicas antes da mesa de som quebrar.

O SOM DEU PAU NO MEIO DO SHOW!

Simplesmente parou de funcionar.

As pessoas começaram a olhar umas pras outras na plateia, e eu comecei a fazer piadinhas muito ruins – eu sou realmente péssima pra sair de situações delicadas. Quando fico nervosa, começo a fazer piadas rápido, uma atrás da outra, que na verdade não têm graça nenhuma. O Cadu chamou esse vômito de gracinhas de "Show de humilhação da Nina".

Pois é, dei esse show.

O paquera horroroso mafioso dono da casa de shows subiu no palco pra tirar a gente de lá. Atrasado, né? Mas na minha situação, eu dei graças a Deus.

Saímos do palco e fomos na direção do "camarim" quando dou de cara com nada mais nada menos do que Vanessa, minha ex-quase cunhada, ex-professora de Inglês, ex do meu irmão.

A minha cara de susto só perdeu pra cara de susto do Biel.

Ao lado dela estavam o irmão mais novo (Lucas, que eu conheci porque ele trabalha no estúdio que a gente ensaia) e o pai.

O PAI CHEFÃO DA GRAVADORA.

ELE VIU ISSO.

ELE VIU O SHOW NESSE MUQUIFO.

ELE VIU O SOM DAR PROBLEMA.

ELE VIU O "SHOW DE HUMILHAÇÃO DA NINA".

Ok, minha carreira está definitivamente arruinada antes mesmo de começar.

Adeus, sonhos.

Adeus, futuro.

Adeus, fama.

Adeus, Madison Square Garden.

Foi o que eu pensei, até ele abrir a boca e soltar as inesperadas palavras:

"Nina, eu realmente não sei com o que eu fiquei mais surpreso, se com as músicas, com a banda, com as roupas ou com a sua desenvoltura e carisma para sair daquela situação no final do show. E posso te falar que fazia muito tempo que eu não ficava surpreso com nada relacionado a música... Bem que a Vanessa me falou sobre vocês, e ela não erra."

Quem aí já ama a Vanessa?

Cara, se todos os meus ex-namorados fossem legais assim, eu tava feita na vida. O Biel teve sorte dessa vez! Geralmente, as meninas com que ele fica sempre acabam com ódio dele, e não apresentando ele pra presidentes de gravadoras!

Depois, fomos todos a um restaurante lá perto e ficamos conversando um tempão sobre música, sobre a vida, sobre os nossos planos pro futuro – que se eu pudesse escolher, seria ver o cara arrancar do bolso naquela mesma hora um contrato para eu assinar. Mas sei que as coisas não são assim... O fato dele gostar da minha música era bom demais, mas não era garantia de nada. Afinal, ele só tinha visto esse show desastroso e aquele vídeo do festival que mandei pra ele por e-mail e, pensando bem, agora tô até com vergonha de ter mandado, de tão ruim que tava a gravação.

De qualquer maneira, agradeci a Vanessa por ter levado o pai até lá, e o Lucas (descobri que trabalha com o pai na gravadora e é bem gatinho também). O Biel ficou a noite inteira conversando com ela, separado da mesa. Fiquei preocupada, mas ele parecia bem e não quis falar sobre isso depois, então respeitei.

Geralmente eu não respeito.

No final, foi um dia ótimo.

Liguei pro meu pai e contei tudo. Ele ficou tão animado que disse que pegaria um avião agora e que era pra eu não ter nenhuma reunião sem ele nem assinar nada.

Pai é pai, né?

E o meu então não resiste à possibilidade de conversar sobre a indústria musical. Acho que o faz lembrar da época da loja de CDs.

Beijos,
Nina

PS: Obviamente, eu não deixei a Agatha passar o telefone dela pro mafioso.

PS2: O Lucas me mandou mensagem hoje. Perguntando do show. E mandando um coração. Isso significa que somos só amigos?

Olá, Caderno!

Alguém poderia me explicar o milagre? Eu não vou repetir de ano!

Fim do terceiro ano, fim de toda a nossa vida nesse inferno horroroso com álgebra, suspensões e uniforme feio que chamamos de escola.

Todo mundo tá bem louco com as últimas provas, trabalhos, vestibulares, Enem (até hoje eu não sei o que é nem faço questão de saber, mas o Cadu pediu pra eu não falar pra ninguém que eu não sei, então é nosso segredinho).

A cada prova que entreguei, com a cola do Cadu, só tive mais certeza que nasci pra ser artista. Nasci pra me matricular na faculdade da vida. Não consigo me imaginar mais quatro anos sentada em uma sala esperando minha vida acontecer.

Então, conversando com meus pais, eles aceitaram que eu ficasse um ano correndo atrás da minha carreira de cantora antes de entrar em alguma faculdade.

Se nada der certo nesse período, eu faço uma faculdade (música ou artes cênicas ou moda). Se eu começar a trabalhar, eu não faço.

Simples.

E eu não tenho medo de correr atrás, não. Se eu tiver que bater de porta em porta nas gravadoras eu bato, e bato sorrindo ainda. Feliz da vida.

O Cadu tá prestando o vestibular pra Cinema da FAAP, vai passar, obviamente. Quero só saber se ele vai aguentar os riquinhos mimados herdeiros que ele tanto critica naquela faculdade... Mas acho que vai porque, (bem) diferente de mim, o Cadu é paciente. E centrado. E respeita as diferenças. E faz meditação regularmente.

O Biel é uma incógnita. Acho que ele tem grandes chances de virar surfista e não fazer faculdade.

A Agatha foi pro Rio hoje fazer um teste pra uma novela, acredita?

Ainda não sabemos se vai rolar, ela acha que não, porque a personagem é bem mais nova e os testes estão sendo feitos com meninas de 15 anos. Talvez ela esteja meio velha... Mas, de qualquer maneira, é ótimo que volte a fazer testes! A série dela só estreia ano que vem e aposto que já gastou o dinheiro todo.

Mas ela é boa, viu? Tipo, boa mesmo. Ensaiei com ela o texto e essa menina sabe atuar.

E quando quer (apenas quando quer e ela quase nunca quer), sabe superar ex-namorados na mesma velocidade com que ela bate o carro deles contra o nosso portão.

A Ana Paula do meu Inglês tá rica sendo blogueira e não vai fazer faculdade.

A vida é mesmo injusta.

Beijos,
Nina

Olá, Caderno!

Faz tempo que eu não escrevo e você deve achar que eu morri.

Não morri.

Essa é a novidade.

Agora vamos pra outra novidade.

Hoje aconteceu um lance bizarro. Entrou um menino novo na minha sala, tipo em novembro. Eu nem sabia que podia entrar aluno novo em novembro no último ano do Ensino Médio. Talvez ele não seja aluno novo na escola e sim na minha sala. Sei lá. Enfim, ele sentou do meu lado na aula de Literatura sobre Oswald de Andrade e a gente começou a conversar. O que não acontece com frequência, porque eu não converso ou tenho qualquer tipo de interação espontânea por mais de cinco segundos com basicamente ninguém da escola tirando o Cadu, o Lucas Nerd (acho que somos amigos agora) e a professora de Educação Física, só quando estou tentando explicar pra ela as doenças que eu adquiro toda semana pra não participar das aulas e pra ir de calça jeans.

As pessoas devem até achar que eu tenho algum tipo de problema social grave.

Eu devo ter.

Fobia social?

Não, acho que sou só chata mesmo.

Enfim, voltando, foco no menino novo! (Ou que talvez nem seja novo, e eu só nunca reparei.)

Eu estava rabiscando na mesa e ele me mandou um bilhete.

Pensei: "Louco." Imbecil. Retardado. Não tem medo do perigo. HELLO, querido, não vou ser sua amiga. Para de me olhar! Para de sorrir! Quer dizer, até que você tem uma cara legal... E como cara legal eu quero dizer que talvez seja meio interessante... Isso é barba? Quantos anos você tem, moleque? Será que é repetente? Não tem cara de burro. Hummm, tem cara de artista. Alguém da arte. Tá me olhando estranho. Deve ser psicopata! Repetente pervertido psicopata E COM BARBA, o pior tipo. Mas... Ele deve estar me olhando porque estou olhando pra ele. Gente, já faz um bom tempo que eu estou encarando ele, vou disfarçar e fingir que procuro meus óculos. Pronto, achei os óculos, disfarcei. Não sou louca, meu bem, estava apenas procurando meus óculos. Ah, o bilhete dele! vamos ler..."
Esses foram meus pensamentos em ordem.

Agora, o bilhete:
"Minha casa. 16h. Esteja lá."
Tô ZOANDO!
Imagina?!
Não foi esse o bilhete, eu sou hilária!
Agora, o bilhete verdadeiro:

"Você não lembra
Mas morei na sua rua
Menina dos olhos gigantes"

Uooooouuuu, achei ousado!
E adorei saber que meus olhos são gigantes, uma coisa meio Audrey Hepburn. Aliás, tem uma música que

fala "É você que tem os olhos tão gigantes..." De quem é mesmo? E será que ele escreveu o bilhete em forma de poesia de propósito, por conta da nossa aula?

Já amo ele.

Meu Deus, eu sou muito perturbada, nem conheço o menino.

Tentei não pensar muito, olhei pra trás, dei um sorrisinho querendo ser simpática, mas deve ter sido meio ridículo. E conversamos por bilhetes:

Eu: "Alameda Lorena?"

Ele: "Sim, cidade pequena."

Eu: "Cabe num poema."

Ele: "Sem nenhum problema.
    Quer tentar?"

Eu: "Não sei
    Só se você começar."

Ele: "Menina dos olhos gigantes
    Te via passando na rua
    Com uma confiança que era só sua
    No alto dos nossos 12 anos
    Por que chora, menina?
    Eu me perguntava
    E te olhava
    Você nunca me olhou
    Desculpa se reparei demais
    Sou um fraco reparador
    Reparo a dor que não é minha
    E vira minha então a dor."

Meu. Deus.

O sinal bateu.
A aula acabou.
Guardei o poema na minha mochila.
Olhei pra trás, ele ficou sério, eu também.
A gente não falou nada.
O Cadu me chamou e saí da sala.
Fui pra casa pensando nele.
E aqui estou eu, Caderno.
Será que é ele?
Na dúvida, vou escrever mil músicas sobre ele.

Nina

Olá, Caderno!

O Lucas veio falar comigo hoje de novo, depois da aula.
Sobre nada, na verdade, só puxar papinho mesmo.
E tenho uma afirmação polêmica: Acho que a gente se gosta.
Porque, por mais que a gente tente se comportar como amigos, eu não sinto que somos amigos. Acho que ele também sente isso, porque fica desconfortável comigo.
Enfim... só sei que não me meto com cara que namora.
Não mesmo.
De jeito nenhum.
É aquele lance do "Não faça com os outros o que não quer que façam com você".
Se ele pelo menos me largasse, desistisse de falar comigo, seria mais fácil pra encerrar isso na minha cabeça.
E na cabeça dele?
Ai, meu Deus, não quero voltar a pensar nisso!
E tem outra coisa também... Não consigo parar de pensar no poeta.
Alguém me interna.
Pensando em dois ao mesmo tempo, Nina?
Melhor não contar pra Doutora Psica.

Beijos,
Nina

PS: A Agatha está achando que passou no teste da novela. Ligaram perguntando se ela estaria livre pra outro teste semana que vem. ESTAMOS RICOS! Mentira, ator iniciante não ganha nada. Mas vai ser irado se ela tiver passado.

Olá, Caderno!

Status: O Cadu tá estudando muito pras provas finais e eu finjo que tô estudando, quando na verdade só preciso mesmo que o Cadu continue estudando, porque aí eu colo dele e fica tudo bem.

Então vou continuar fingindo.

PREGUIÇAAAAA de final de ano.

Preguiça de escrever também.

Mas preciso contar isso porque vale a pena: Eu e o poeta temos uma relação superartística movida a poesias.

Mas não muito movida a conversas pessoalmente.

Tipo na vida real.

Tipo falando um com o outro.

Mas tudo bem, eu gosto do nosso relacionamento por poesias, um passo de cada vez.

Hoje tentei falar com ele depois da aula, puxar um papo, dar uma paqueradinha (como diria minha mãe) e foi um desastre. Não teve muita comunicação, foi estranho, e nós dois estávamos claramente muito tímidos. Na verdade, isso só me deixou mais encantada por ele, é que eu não tinha reparado que ele era realmente lindo. Lindo mesmo. Alto, com cabelos castanhos meio compridos, sobrancelhas grossas e olhos cor de mel. Ele parece um galã teen de seriado. Não o galã protagonista, mas aquele outro que é meio errado, meio do mal, e que no final das contas você começa a torcer pra ele.

Estou guardando todas as poesias em um envelope.
E estou morrendo de amores...
Mas é diferente.
É um amor meio... tranquilo.
Enfim...
Sou complicada mesmo, não tente entender.

Beijos,
Nina

Olá, Caderno!

Quando será que é um bom momento pra eu contar que, durante todo este ano, a Neide estava fornecendo maconha pro meu irmão? SIM!

Por isso é que ele fazia tudo pra ela!

E eu só consigo pensar:

ISSO CARACTERIZA TRÁFICO?

A NEIDE É TRAFICANTE?

SEREMOS TODOS PRESOS?

APODRECEREMOS NA PRISÃO?

VOU PERDER OS MELHORES ANOS DA MINHA VIDA POR TER COMPACTUADO COM UMA TRAFICANTE PERIGOSA QUE EU NEM FAZIA IDEIA?

Meu Jesus amado, meu pai vai matar a gente e vai matar a Neide e vai matar todo mundo!

Eu sou muito jovem pra passar por isso, eu tenho um futuro pela frente.

A Agatha falou pra eu não surtar, porque não vai acontecer nada disso. Ela descobriu hoje e parece que a Neide nunca nem usou, mas que o Biel pedia pra ela trazer porque o sobrinho dela plantava, e aí ela trazia pra evitar que ele comprasse e pra não se envolver com as pessoas que vendem. E, em troca, ele fazia alguns serviços dela, ajudava nos serviços da casa...

Espertinha, não? Não vende, mas troca favores que é uma belezaa, né, dona Neide?

A Agatha conversou sério com ela. Disse que não permitiria mais esse tipo de comportamento, que abominava drogas, não queria que o nosso irmão fosse influenciado por alguém dentro da nossa própria casa, que o Biel ainda era menor de idade e que ela poderia enfrentar problemas muito sérios com a justiça.

Ela usou a palavra "justiça". Forte, né?

Tenho muito medo da minha irmã quando ela fala sério.

E a Neide pelo jeito também. Chorou, implorou perdão, disse pra ela não contar pra ninguém, porque isso nunca iria acontecer de novo. E que a preocupação que ela tem com a gente e com meu irmão é de mãe, foi uma forma de proteção.

Amamos a Neide, então sei que é verdade.

Ela conhece a gente desde criança, conhece o suficiente pra saber que, se não trouxesse pra dentro de casa, o Biel ia comprar em outro lugar.

Então acho que no fim das contas foi a alternativa menos ruim.

Sei lá.

Só sei que acabou a festa do Biel.

E por essa, vou te dizer, eu jamais esperava.

Ainda bem que eu não vou ser presa.

Beijos,
Nina

Olá, Caderno!

Estou d e s o l a d a.
(Palavra legal, né?)
Faz uma semana que o poeta não aparece no colégio.
Eu tentei de tudo, mas é difícil encontrar alguma resposta.
Ele não falava com ninguém além de mim, não tinha amigos por lá... nunca passamos nosso celular um pro outro. Descobri o sobrenome dele na lista de chamada, procurei na internet e não aparece nada, ele não tem Facebook, não tem rede social nenhuma. No Google imagens, quando coloco o nome dele, aparece um jogador de basquete de dois metros que morreu num acidente de barco em 1992.
Ou seja, tive que apelar.
Fui pra secretaria tentar arrancar alguma coisa da Renata, a filha da diretora que era drogada (a garota era drogada, e não a diretora) e foi pra reabilitação em Atibaia e agora voltou pra trabalhar com a mãe. Tem histórias bizarras sobre ela no colégio. Alguns dizem que ela fez um professor substituto se demitir porque o seduzia e depois falava pra mãe que ele que a assediava. Outros dizem que esse professor se matou porque se apaixonou por ela. Também já ouvi falar que quando morou na África ela foi deportada por levar drogas pros estudantes voluntários de lá. E que ela já raspou o cabelo e fez uma tatuagem na cabeça, mas agora que o cabelo cresceu não dá mais pra saber o que tem escrito.

Irado.

Eu queria ser assim, cheia de lendas.

Se você olhar pra cara dela hoje em dia, vai achar que tudo realmente não passa de boatos. Ela é uma menina perfeitamente normal de vinte e poucos anos, tirando o fato de ter uma beleza irritante. Meio sombria. Meio Effy, da série *Skins*. Enfim, ela sempre foi legal comigo, na verdade desde que me viu chorando no banheiro depois de apanhar da Ana Paula no primeiro ano na batalha de bandas porque xinguei a irmã mais nova dela de plagiadora.

Nem é um xingamento, vai.

Mas eu gritei na cara da menina e apanhei pra valer.

A Renata me ajudou naquele dia, então eu sempre fui legal com ela. Existe uma cumplicidade. Acho que temos quase uma amizade. Tirando o fato de não nos falarmos nunca, a não ser quando eu preciso de algum favor da secretaria do colégio ou quando ela finge que não sabe que eu falsifico as assinaturas do meu pai nas advertências.

Perguntei pra ela do poeta e ela disse:

"O Becker?"

"É, você o conhece?"

"Namorei o irmão mais velho dele por um mês na oitava série. A família deles é bem sinistra. Sempre mudando de cidade, país. Eles já entraram e saíram dessa escola umas quatro vezes... Semana passada a mãe dele ligou falando que ele não vem mais, parece que mudaram pra Guatemala."

"Guatemala?"

"Ou seria Himalaia? Agora não sei. É perto, não é? Pensei em ligar pro irmão dele... Ele era bem gracinha. Mas, sei lá, nem tenho o número mais. Eles têm uma irmã, loirinha, chama... Sté Becker."

"Ah, entendi... Bom, valeu, Renata."

Mais perdida que eu essa daí.

Procurei a irmã no Instagram e a conta dela é privada, só pra amigos. Too much eu pedir autorização pra adicionar, né?

É, too much.

Que estranho não ter comunicação nenhuma. De um dia pro outro é como se ele nem existisse mais.

Na verdade, se eu não tivesse essa conversa com a Renata, eu poderia até achar que inventei esse moleque na minha cabeça e tudo não passou de uma alucinação enquanto eu dormia babando com a cara no meu fichário na aula de química.

Talvez seja melhor assim, sabia?

Talvez algumas coisas tenham que ficar mesmo só como uma lembrança boa.

O fato de existir o relacionamento ia estragar tudo... A gente ia começar a ficar no colégio, depois ia começar a ir juntos pra minha casa depois das aulas, a falta de comunicação dele com o mundo, que antes era legal, ia começar a me incomodar profundamente, o meu jeito engraçadinho demais ia parecer forçado pra ele depois de um mês de convívio. Ele ia sentir ciúmes da minha amizade com o Cadu, eu ia odiar a mãe dele. Ele ia ter que se mudar, eu ia culpá-lo por me iludir. Ia escrever uma ou duas músicas sobre como dói perder quem a gente ama e como dói só perceber que a gente ama depois que perde. Ele ia me mandar um e-mail, com poucas palavras, após três semanas longe, quando eu estaria começando a esquecer depois de muitas lágrimas e Nutella. Eu ia fazer uma música sobre o e-mail. Nunca iria responder, e a magia já teria acabado totalmente. Nem ia lembrar que eu o chamava de poeta. Ele ia ser o Nicholas traidor que sumiu e me deixou de coração partido.

Que bom que nada disso aconteceu.

Que bom que ele vai continuar sendo o meu poeta nas minhas lembranças.

E se a vida quiser, um dia a gente se encontra...

Quem sabe?

Nina

PS: Perdi a chave do meu armário faz dias. Agora vou pra escola sem livros nem cadernos. Diferentona eu, não?

Olá, Caderno!

Biel passou pra FEDERAL.

E eu nem sabia que ele tinha prestado vestibular pra lá.

Meu irmão gêmeo vai fazer Direito, dá pra acreditar em um negócio desse?!

Não, não dá.

Ele é realmente um gênio pra ter fumado maconha o ano inteiro, vendido gabaritos, namorado a professora de Inglês, faltado todas as possíveis aulas e, ainda assim, passado pra uma faculdade melhor que a de todos os nerds do nosso ano.

Cara...

O Biel vai pro interior. (Depois de fugirmos do interior, quem diria, né? Já consigo ver a cara de "O mundo dá voltas" da minha mãe quando ela souber a notícia.) E a Agatha provavelmente vai pro Rio de Janeiro porque foi chamada pra mais um teste daquela novela.

Mas, e eu?

Fiquei horas com meu pai hoje no telefone, ele está na Bolívia (eu acho) e acha melhor eu voltar a morar com a minha mãe no ano que vem ou esperar mais dois meses, até ele voltar, e morar com ele aqui no nosso apartamento.

Eu não consigo me imaginar sozinha.

E não consigo me imaginar morando com meus pais.

Difícil.

O Cadu disse que posso ir pra casa dos pais dele, mas não seria a mesma coisa. Cadu e eu somos amigos e não irmãos, acho que se a gente tentar isso, de morar juntos, ele vai acabar me matando ou eu matando ele.

Não quero arriscar nossa amizade nem a paciência e saúde mental dos pais dele.

Ok, então, chegamos à conclusão de que todo mundo tem um rumo na vida, menos eu.

Legal!

Amanhã é a última prova do ano, é de Português, e eu já passei. Já passei de ano também, porque todas as minhas colas com o Cadu foram concluídas com sucesso. O meu truque de moletom com capuz nunca falha. Ele finge que vai coçar o pescoço e coloca o papel com a cola no capuz. Eu sento atrás dele e pego o papel e FIM.

Último ano de escola, você não me pertence mais!
Um problema a menos.
Agora só falta o resto da minha vida.

Beijos,
Nina

Olá, Caderno!

Fiquei pensando...
Quer dizer, estou pensando...
Acho que vou mandar meu canal de YouTube secreto pro pai da Vanessa, presidente da gravadora. Já tem mais de dez vídeos, e eu gosto deles...
Será uma boa ideia?
São três da manhã, estou meio bêbada de sono, então acho que é o momento perfeito pra tomar coragem.

1,
2,
3,
MANDEI.

Meu. Deus.

Vou tentar dormir agora.

Bj.

Olá, Caderno!

Achei a chave do meu armário.
Não que eu precise dela agora que me formei...
Mas a história é BEM mais legal do que isso.
Preparado?

A Renata (que trabalha na secretaria, filha da diretora, cheia de lendas, que já raspou a cabeça, lembra dela?) entrou na nossa sala no meio da aula de História com a minha chave na mão falando que eu tinha perdido a chave do armário pelos corredores. Alguém encontrou e deixou na secretaria.

Ok, achei estranho. Quando levantei pra pegar, ela me deu uma piscadinha (mais estranho ainda) e disse baixinho "Te falei que os Beckers mandavam bem..." antes de sair e me deixar com a maior cara de pata curiosa do mundo.

Pata curiosa era como meu irmão me chamava quando eu tinha 7 anos e chorava de curiosidade na metade dos filmes querendo saber o final. O auge foi quando fiz isso no *Patinho Feio*. Passei mal de chorar.

Criança com problemas de ansiedade? Magina.
Isso diz muito sobre mim hoje em dia.
Bom, voltando pra minha cara de pata curiosa.

Pedi pra ir ao banheiro (muito bom ser mulher, o professor sempre acha que ir ao banheiro é alguma emergência feminina de vida ou morte) e saí correndo pro meu armário.

Quando abri o armário, vi um bilhete colado.
Com a letra do Poeta.
Eu sinceramente não sabia se lia o bilhete ou se ficava pensando como foi que ele roubou minha chave e combinou com alguém de me entregar dias depois.

Ou isso foi só azar?

De qualquer maneira, aqui está o bilhete que ele deixou, vou colar em você pra toda a eternidade:

"*Nina,*
Menina, alma que brilha.
Pequena rainha.
Caminhos cruzam por algo, acaso.
Descaso com pausa, sua causa.
Seus olhos, olhei.
Me deixei.
Sobre reencontros silenciosos. Misteriosos.
O pouco subjetivo, o muito sentido.
Relativo para o tempo, especial foi, intenso.
Destino teu?
As palmas.
Verá, será grande.
Não precisa de ninguém
A força dentro de você tem calma.
Eu vou, e te guardo.
Pela vida passo. Passos, descalço.
Grande, menina. Agora te deixo.
E a lua te ilumina.
Minha pequena grande
Nina."

Eu não acredito que a única história de amor que não foi história de amor teve o melhor fim.

Talvez a vida seja assim. Rimou!

Esse negócio pega.

Beijos da grande pequena,
Nina

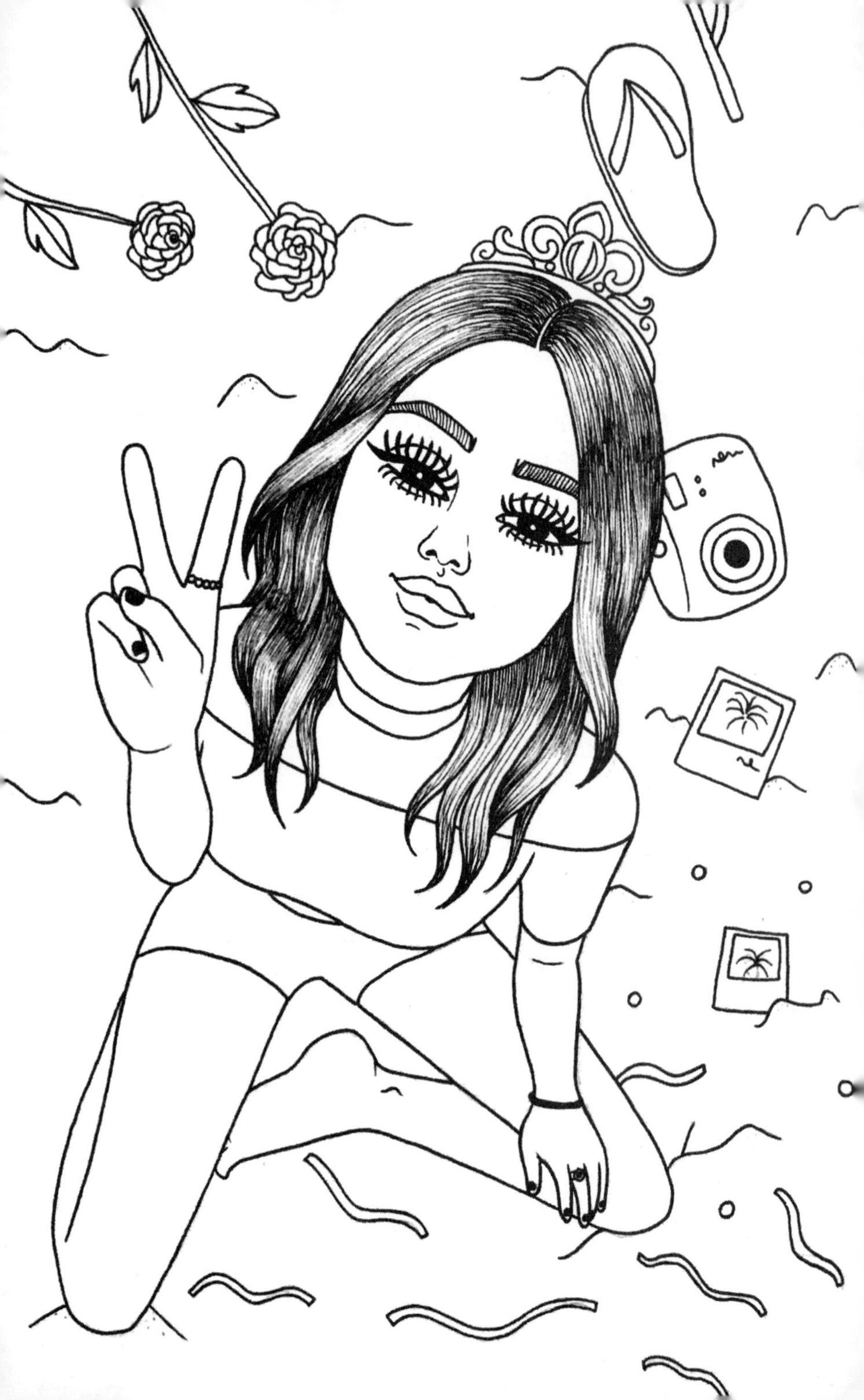

FELIZ ANO NOVO

Verão

Olá, Caderno!

RECEBI A LIGAÇÃO!
Era o pai da Vanessa. O poderoso chefão! (O nome dele é Otávio, só pra constar.) Me chamou pra uma reunião com ele e com o diretor artístico da gravadora!
SIM!
Meu Deus!
E sabe por quê, né?
POR CONTA DO LINK QUE MANDEI BÊBADA DE SONO ÀS TRÊS DA MANHÃ COM MEU YOUTUBE SECRETO!
O problema é que a reunião vai ser no Rio, mas ok! Eu já pensei em tudo, eu posso ir de carro com a Agatha no próximo teste dela, porque fica bem mais barato do que de avião, e aí ela vai comigo à reunião também. A Agatha é boa nisso, de fingir que é profissional e estudada e que entende tudo em reuniões.
Nem sei se aviso ao meu pai, porque ele vai querer ir junto e vai me fazer esperar até ele voltar de viagem.
Nem sei se aviso a minha mãe, porque ela vai ligar pro meu pai.
Mas eu vou.
Vou sozinha.
Sinto que é uma coisa que preciso fazer.
É a minha grande chance!

O pai da Vanessa disse que gostou muito do que viu em Campinas, da nossa conversa depois, e quando assistiu ao meu canal com as composições autorais não teve dúvida e perguntou se eu queria conhecer a gravadora e conversar com o diretor artístico ("sem compromisso") sobre minhas músicas.

    Sem compromisso, amor?

    COM OU SEM COMPROMISSO, TÔ ACEITANDO!

    Eu falei que aceitava e ele ficou de ligar novamente marcando uma data.

    E aqui estou eu ao lado do telefone esperando.

    E esperando.

    E esperando.

    Faz cinco minutos que desligamos e já tô aqui esperando.

    Dá medo crescer.

    Dá medo mudar.

    Dá medo não saber o que fazer quando você tem que saber o que fazer.

    E, de repente, eu que sempre fui a mais sonhadora, a mais maluca, a mais decidida de todos nós sobre a carreira, me sinto a mais perdida... Normal?

    Bom, só sei que o telefone ainda não tocou e que eu quero mais que tudo que ele toque, então vou continuar esperando.

    Beijos,

    Nina (que segue esperando)

Olá, Caderno!

Não tem nada definido e tá tudo resolvido. O dono da gravadora ainda não ligou marcando a reunião, eu ainda não tenho a menor ideia de como vou sobreviver sem grana, ainda não curto pessoas que frequentam cachoeiras e tomam água de coco, meu futuro não está nem um pouco claro, mas decidi que vou me mudar com a Aghata mesmo assim.

RIO DE JANEIRO, AQUI VOU EU!!!

Beijos cariocas e preocupados,
Nina

PS: Acabo de receber uma mensagem muito estranha do Lucas falando que precisa conversar comigo. O que será? Normalmente eu nem responderia porque pra mim danem-se os problemas de paqueras que não querem saber de mim e ainda por cima namoram. Mas eu não sei que efeito bizarro esse garoto tem em mim que me faz querer ser legal e prestativa... E genuinamente preocupada.

PS 2: ODEIO ESSA MINHA VERSÃO LEGAL.

Olá, Caderno!

A VIDA É DELICIOSAMENTE PERFEITA.

Não, não aconteceu nada de mais. Eu estive pensando e é justamente isso que torna a vida perfeita:

O "nada de mais".

Os pequenos momentos mágicos de alegria no meio da nossa vida cheia de imperfeições.

A vida é perfeita quando, no primeiro dia de férias (ou férias eternas no meu caso, já que não vou pra faculdade tão cedo), eu acordo sem despertador com um passarinho na minha janela cantando em meio ao caos que é a Avenida Nove de Julho, em pleno verão.

A vida é perfeita quando eu acho um perfume antigo da minha mãe perdido no meio de uma caixa da nossa mudança pro Rio, e o cheiro me lembra exatamente as férias na casa da vó Gê em Juquehy e o bolo de laranja que ela fazia de café da manhã, que eu sempre perdia porque acordava meio-dia.

A vida é perfeita quando a Agatha me dá longos conselhos sobre o que eu devo fazer e por que eu devo fazer, com palavras difíceis e lágrimas nos olhos, e na semana seguinte faz exatamente o oposto com a vida dela.

A vida é perfeita quando o Biel deixa um KitKat na minha escrivaninha toda vez que compra cigarro pra ele (ou seja, eu como muito KitKat). Quando o Cadu acorda às duas da manhã pra me buscar de carro em alguma festa que eu não deveria ter ido no Centro da cidade, com pessoas que ele não gosta e que ele me avisou mais de uma ver pra não ir, só porque eu ligo com voz de choro... E ele vai o caminho todo em silêncio, só com o nosso CD favorito tocando, sem nunca me dar bronca ou falar "Eu te avisei".

A vida é perfeita quando meu pai chega de viagem depois de meses e a gente escuta "Sampa" juntos porque faz ele se sentir em casa, e ele sorri pra mim e pra Agatha na parte que o Caetano fala "*A deselegância discreta de suas meninas...*" e a gente esquece a ausência e a saudade. Quando eu dou bom dia sorrindo pra vizinha do 32 e ela quase me dá bom dia de volta e quase é simpática, mas em vez disso só me olha desconfiada porque ainda lembra da época em que eu pintei meu cabelo de azul e andava de pantufas.

A vida é perfeita quando a baby Val dorme segurando forte meu dedo pra eu não sair, e eu tenho até vontade de sair, mas as bochechas dela são tão gostosas e ela é tão quentinha que nem ligo que meu dedo tá doendo e fico lá horas.

E a vida é absolutamente perfeita quando, depois de uma noite comum de sexta em que a Agatha, o Biel, o Cadu e eu decidimos não sair e só jantar na padaria do lado de casa pra comemorar o fim do Ensino Médio e um novo começo de vida de todos nós, toca no carro a música tema de alguma novela antiga que a gente lembra inteira, mas nem lembra como lembra, e cantamos e dançamos loucamente até ter que parar o carro na rua de casa pra descer e dançar mais na rua com o volume no máximo e as portas abertas com o porteiro olhando pela janela e pensando "Drogados a essa hora...", sendo que a gente só tomou suco de melancia.

"Se eu fosse marinheiro, não pensaria em dinheiro, um amor em cada porto... Ah, se eu fosse marinheiro."

Era essa a música que tocava. Nem sabia que eu sabia.

E antes que eu me esqueça...
A vida é perfeita.
A gente é que complica.

Nina

Olá, Caderno!

Ano.

Novo.

Mais.

Louco.

Da.

Minha.

Vida.

Atores pelados, órgãos genitais expostos ao mar, fogueira, Agatha ladra de maridos, Gildo campeão do nosso Big Brother, dente quebrado do Biel, música "Bomba", dança do ar-condicionado, três dias sem tomar banho, chuveiro frio, canal Off.

E quem reaparece no meio dessa confusão?

LUCAS.

LUCAS SEM NAMORADA!

Sim, essa foi a ordem dos acontecimentos do meu Ano-Novo.

O estrogonofe gourmet da Agatha tá pronto e vamos comer no chão porque ainda não tem mesa no nosso apartamento do Rio.
Preciso ir.

Nina

PS: Ok, tudo parece confuso, né...
 Juro que já explico.